KB103030

섬, 1948

섬, 1948

심진규 글

천개의바람

차례

총성

"탕!"

총성이 눅눅한 새벽 공기를 갈랐다. 근무 중이던 초병들도, 잠을 자던 병사들도 놀라 잠에서 깼다. 낮이건 밤이건 마을에서 흔하게 들려오는 것이 총소리였다. 하지만 부대 안에서, 그것도 새벽에 울리는 총성은 낯설고 모두를 놀라게 했다.

"뭐라고? 연대장님 숙소?"

*군기대에 무전이 도착했다. 연대장 숙소에 무슨 일이 난 것이 분명했다. 군기대장은 당장 연대장 숙소로 출동하라는 명령을 내렸다. 완전 무장한 군기대 병사들이 차에 올랐다. 군기대를 출발한 자동차 불빛이 어둠을 가르며 길게 이어졌다.

"손 하사, 빨리 여기서 나가. 이건 내가 한 일이다."

"아닙니다. 문 중위님이 어서 피하십시오."

총을 들고 있는 손선호는 문상길을 보며 말했다. 총을 잡은

---

* 지금의 군사 경찰. 1949년 이후에 헌병대로 바꾸어 부름.

손이 떨렸다.

"무슨 소리야! 너라도 살아야지. 이 일은 처음부터 내가 하자고 한 거야. 책임은 내가 진다. 뒷일을 부탁할게."

문 중위가 얼굴에 튄 피를 닦으며 문으로 향했다. 자신을 믿고 함께한 손 하사를 살리고 싶었다. 손 하사만을 살리기 위함이 아니었다. 손 하사처럼 도민을 걱정하는 군인이 필요했다. 그것이 수많은 무고한 사람을 살리는 길이기도 했다.

"총은 제가 쐈습니다. 여긴 제게 맡기시고 문 중위님은 지금 빨리 모슬포로 가십시오. 형수님이 기다리실 겁니다."

"모슬포? 그게 무슨 소리야?"

"김 하사가 문 중위님을 모시기로 했습니다. 지금 정문에서 대기 중입니다. 미리 말씀 못 드렸습니다. 죄송합니다."

그때 창밖이 환해졌다. 자동차 시동이 꺼지더니 발소리가 들렸다. 문 중위가 손 하사 멱살을 잡았다.

"야, 손선호! 너 미쳤어? 나보고 널 버리고 살아남으라고!"

"문 중위님, 함께할 수 있어서 영광이었습니다. 다음 생에도 제 상관이 되어주십시오."

손 하사가 멱살을 잡힌 채 거수경례를 했다. 문 중위가 손 하사의 팔을 잡아 내렸다.

"선호야, 우린 동지다. 이 일은 내가 하자고 한 일이다. 네가 안 가겠다면 우리는 끝까지 함께한다."

문 중위는 침대 쪽으로 몸을 돌렸다. 그러고는 말없이 침대를 향해 경례했다. 복도 끝에서 발소리가 점점 가까워지고 있었다.

"문 중위님, 안 됩니다. 시간이 없습니다. 빨리 피하십시오. 어서요!"

그러나 문 중위는 동상이라도 된 것처럼 꼼짝도 하지 않았다. 그의 어깨가 살짝 떨리지 않았다면 그 자리에 얼어붙었다고 해도 믿었을 것이다. 곧 방문이 열리는 소리가 들렸다. 모든 것이 끝이었다. 손 하사도 문 중위를 따라 침대를 향해 거수경례했다.

"꼼짝 마!"

문으로 들어선 군기대 병사들이 두 사람에게 총을 겨눴다. 병사 한 명이 손 하사 손에 들린 총을 빼앗았다. 두 사람은 뒤로 돌며 양손을 올렸다. 곧바로 군기대 병사들에게 체포되었다.

"연대장님, 정신 차리십시오. 연대장님!"

군기대장이 침대 옆에 무릎을 꿇고 연대장의 어깨를 흔들었다. 그러나 연대장의 몸은 이미 축 늘어져 있었다. 군기대장은 손을 연대장 코에 가져다 대더니 벌떡 일어섰다.

"야! 이게 어떻게 된 일이야?"

군기대장이 문 중위를 보며 물었다.

"제가 한 일입니다."

문 중위가 군기대장을 보며 말했다.

"아닙니다. 제가 쐈습니다. 보셨듯이 총을 제가 들고 있지 않았습니까?"

손 하사가 자기 총을 빼앗아 간 병사를 돌아보았다. 그리고 다시 군기대장을 보며 말을 이었다.

"연대장이 죽어야만…."

그때 문 중위가 손 하사 말을 가로챘다.

"내가 한 일입니다. 손 하사는 그저 곁에 있었을 뿐입니다. 손 하사는 제 명령에 어쩔 수 없이…, 억!"

문 중위가 그 자리에서 무릎을 꿇었다. 군기대장이 문 중위 정강이를 걷어찬 것이다.

"이 새끼들이! 너희들이 지금 무슨 짓을 저질렀는지 알아!"

군기대장이 피범벅이 된 침대를 보며 소리를 질렀다. 비릿한 피 냄새가 안 그래도 후텁지근한 방 안 공기를 더 답답하게 만들었다.

"더는 사람들이 죽게 놔둘 수 없습니다."

문상길이 군기대장을 노려보며 소리쳤다.

"이 새끼들 당장 끌어내."

"옛!"

군기대장의 말에 병사들이 두 사람을 밖으로 끌어냈다. 두 사람은 순순히 따라나섰다. 문 중위가 방을 나서다 잠시 걸음을 멈추더니 뒤를 돌아보았다.

"뭐 해! 빨리 끌어내."

군기대장이 소리쳤다. 문상길을 체포한 병사가 팔에 힘주며 끌어당겼다. 문상길과 손선호는 그렇게 끌려나갔다.

1948년 6월 18일 새벽 3시 15분, 11연대장 대령 박진경 피살, 중위 문상길과 하사 손선호 상관 살해 혐의로 체포.

밤마실

진숙은 잠투정하는 아이 가슴을 토닥이고 있었다. 기욱은 겉옷을 챙겨 입더니 방문을 열었다. 저녁밥을 먹고 한참이 지난 밤이었다. 보름이 지난 지 얼마 안 되어 밖은 환했다. 달빛이 문틈으로 스며들고 있었다.

"또 어디 가는 거우꽈?"

안 그래도 어수선한 때에 남편이 밤에 집을 나서니 걱정이 되어 물었다. 지난 3월 1일 제주 읍내에서 경찰이 사람들을 향해 총을 쏜 일이 있었다. 이 일로 인해 섬 전체가 벌집을 쑤셔 놓은 것 같았다. 경찰이 사람들을 잡아간다는 소리가 들렸다. 기욱은 열었던 방문을 닫고 진숙을 바라보았다.

"걱정 말고 명옥이랑 먼저 자라. 누게 와도 문 열어주지 말곡."

"어디 가는지 말이라도 해줍서. 요새 자꾸 밤에 어디 가는 거 마씸?"

경찰이 총을 쐈다는 소문은 금세 퍼졌다. 관덕정에서 일어난 일은 멀리 떨어진 중산간 마을에도 알려졌다. 왜놈들이 물러가고 더는 이런 일이 없을 줄 알았는데 이게 무슨 일이냐며 사람들이 모이는 곳마다 수군거리는 소리가 들렸다. 그 일이 있고 며칠 후부터 기욱은 밤마실이 잦아졌다. 말로는 답답한 마음 달래느라 동네 친구들 만나 탁주 한 잔 마시고 온다고 했다. 그러나 집에 돌아온 기욱에게서는 술 냄새가 전혀 나지 않았다. 진숙은 두려웠다. 남편이 뭔가 자기가 모르는 일을, 게다가 위험한 일을 하는 것만 같았다.

"그냥 친구들이영 탁주나 한 사발 허고 오젠 햄져. 걱정 허지 말라. 그냥 답답해서 그런 거난."

"그런 거 아니잖아 마씸. 여보, 나 무서워 마씸. 가지 맙서. 명옥이도 아직 어리고…."

진숙은 기욱을 말리고 싶었다. 어린 명옥이 핑계를 대면 남편이 가지 않을 것 같았다.

기욱과 진숙은 해방되던 해 2월, 바람이 많이 불던 날 혼례를 올렸다. 진숙이 스무 살이었고 기욱은 진숙보다 두 살 많았다. 일본놈들이 득세한 세상이었지만 두 사람의 혼인은 희망에 가득 차 있었다. 풍족하지는 않았지만 동네잔치도 열었다.

"신랑이 아주 곱드락허게(곱게) 생겨신게."

"이 사람, 무신 소리라! 어디 신랑만 경 햄서? 진숙이도 얼마나 고운디."

마을 사람들은 새신랑, 새색시 칭찬하느라 입에 침이 말랐다. 하지만 잔치 내내 화난 표정인 사람이 하나 있었다. 진숙의 동생 진수였다. 진수는 누나가 시집 같은 건 가지 않고 평생 자신과 같이 살 줄 알았다.

혼례 잔치 마지막 날 밤, 진숙은 진수와 나란히 앉아 밤하늘을 쳐다보고 있었다. 동생과 함께하는 마지막 밤이었다. 진숙은 조금이라도 더 동생과 시간을 보내고 싶었다. 두 사람은 그렇게 말없이 하늘의 별을 쳐다보고 있었다. 한참을 가만히 있던 진수가 먼저 입을 열었다.

"누나, 우리영 고치(우리랑 같이) 살면 안 돼?"

"어허! 야이(얘가) 무사 영 햄시(왜 이래)."

어머니가 잔치 음식을 갖다주며 진수를 나무랐다.

진숙과 진수는 나이 차가 일곱 살이나 났다. 어머니, 아버지는 바다에 나가 있는 시간이 많았다. 그럴 때면 진숙은 엄마처럼 진수를 돌봤다. 그래서인지 진수는 어릴 때부터 엄마보다 누나를 더 따랐다. 그런 누나가 시집을 간다니 속상했다. 그래서 한 말인데 진수는 제 마음을 몰라주는 어머니가 야속했다.

"진수야, 누나가 자주 놀러 오크라. 진수도 누나네 집에 놀러 오면 되주게. 누나는 이제 매형이랑 고치 살아야 해."

진숙이 진수 손을 잡고 다정하게 말했다. 진수는 매형이라는 말도 싫었다. 어디서 불쑥 나타난 사내가 누나 남편이라며 누나를 데려가는 게 싫었다.

"그래, 처남. 언제든 누나네 놀러와이. 알아시냐?"

언제 왔는지 기욱이 진수 옆에 앉더니 머리카락을 흩트리며 웃었다. 기욱은 아직 어린 처남이 귀여웠다. 진수는 기욱의 손을 쳐내며 노려봤다. 기욱은 진수를 보며 웃었지만, 진숙은 진수의 마음을 알기에 웃을 수가 없었다.

다음 날 아침, 진숙은 기욱과 함께 집을 나섰다. 진수는 방안에서 나오지 않았다. 누나가 가는 모습을 보고 싶지 않았다.

"진수야, 누나 이제 감쩌. 나왕, 누나영 매형한티 인사해야주."

어머니가 방을 향해 큰 소리로 말했다.

"진수야, 누나 가는 거 안 볼 거?"

진숙이 방문을 열려고 했지만 안에서 문고리를 걸어 뒀는지 열리지 않았다.

"어서 가라. 길이 멀어."

어머니가 사위 보기 민망한지 얼른 가라고 손짓했다. 진숙은 동생 얼굴을 못 보고 가는 것이 못내 아쉬웠지만 어쩔 수 없었다.

기욱은 진숙을 무척이나 아꼈다. 진숙은 가난하지만 알뜰하게 살림을 했다. 그해 12월, 명옥이 태어났다. 입이 하나 더 늘었지만 세 식구는 행복했다. 무엇보다 명옥이를 해방된 세상에서 키울 수 있는 것이 좋았다. 배가 불러오고 있을 때 해방을 맞았다. 기욱은 진숙의 배를 손으로 만지며 웃었다. 왜놈들 눈치 안 보고 아이를 키울 수 있어 좋았다.

왜놈들이 물러가고 인민위원회가 들어서면서 제주는 평화로운 섬이 되어갔다. 기욱은 종종 인민위원회 사람들과 만났다. 사람들을 만나고 온 날은 희망에 부풀어있었다.

"이제 진짜로 우리 같은 인민들의 나라가 될 거여. 다 함께 잘 사는 나라 말이라."

진숙도 기뻤다. 그러나 그 기쁨은 오래가지 못했다. 왜놈들이 물러간 자리에 미군이 들어왔다. 미군은 인민위원회를 없앤다고 했고, 인민위원회는 미군들을 물러가게 해야 한다고 했다. 어수선한 날들이었다.

진숙을 물끄러미 바라보던 기욱이 다시 자리에 앉았다. 진숙 옆에 앉더니 명옥의 머리카락을 쓸어주었다. 그러고 나서 진숙의 손을 잡았다.

"조금만 참으라게. 명옥이는 우리처럼 살게 허지 않을 거라. 나라다운 나라에서 살게 해야쥬!"

나라다운 나라. 진숙은 그 말을 듣자 온몸에 소름이 돋았다. 기욱과 진숙 모두 나라 없는 백성으로 태어났다. 우리말이 있어도 쓰지 못하고, 일본 경찰 눈치를 보며 사는 설움 속에서 어린 시절을 보냈다. 명옥이는 그렇게 자라지 않기를 바라는 것은 진숙도 마찬가지였다.

"당신 아니어도 다른 사람들이 하면 되잖아 마씸. 네?"

기욱의 말이 맞다는 걸 알고 있었다. 그러나 진숙은 혹시라도 기욱이 잘못될까 걱정이었다.

"왜놈들 물러간 자리에 미군이 와서 설치고 이서(있어). 영허다간 다시 나라를 뺏기고 말거라. 아이들에게 그런 나라를 물려줄 수 어서(없어). 곧 인민위원회에서 뭔가 일을 할 거여. 희망이 있으니 조금만 참고 기다려 주라게."

진숙은 더는 기욱을 말릴 수 없었다. 아직 잠들지 않은 명옥의 가슴께를 토닥일 뿐이었다. 기욱을 쳐다보지 않는 것은 다녀오라는 뜻이었다. 기욱은 서둘러 방문을 열었다. 환한 달빛이 열린 방문 틈으로 들어왔다. 기욱은 달빛에 의지해 밤길을 나섰다. 들판에 핀 유채꽃이 달빛에 환하게 빛났다. 기욱은 좋은 세상에서 진숙과 명옥이와 함께 밤마실 다닐 날을 생각했다. 곧 그런 날이 올 것이라 굳게 믿었다.

진숙은 새벽까지 잠을 자지 못했다. 기욱이 언제 올지 몰라 자꾸만 일어나 방문을 열어보았다. 그러나 기욱은 아침까지 집에 돌아오지 않았다. 평소에는 늦어도 해가 뜨기 전에는 돌아와 진숙의 옆에서 잠을 자고 있었는데, 오늘은 무슨 일인지

해가 떴는데도 기욱이 보이지 않았다. 진숙은 불안해졌다.

진숙은 아침밥을 차려 명옥이만 먹였다. 입안이 까끌까끌해 입맛이 없었다. 밥상을 방 한 구석에 물린 다음 명옥이 손을 잡고 집을 나섰다. 집 안에서 마냥 기다리고 있을 수가 없었다. 다른 집에라도 가 봐야겠다고 마음먹었다.

"어멍, 어디 가멘? 아방은?"

평소와 달리 표정이 어두운 진숙을 보고 명옥이가 물었다.

"그냥. 명옥이 집에만 이시난(있으니) 심심하지? 어멍이영 마실 안 가젠(갈래)?"

기욱은 며칠 전부터 진숙에게 밖으로 나가지 말라고 했다. 자신은 밤마다 어딘가 다녀오면서도 진숙에게는 집 안에만 있으라고 했다. 위험하다는 게 그 이유였다. 진숙은 남편의 말대로 며칠 동안 외출을 하지 않았다. 어른인 진숙이야 괜찮다지만 어린 명옥이 집에만 있으니 얼마나 답답했을까?

"응. 좋아. 나 순이네 집 가젠. 가서 순이랑 놀젠."

이제 세 살이 된 명옥이는 폴짝폴짝 뛰며 좋아했다.

"순이네? 그래. 순이네도 가 보게."

진숙은 명옥이 말에 번뜩 좋은 생각이 났다. 순이네 가면 기욱이 어디 있는지 알 수도 있을 것 같았다. 순이는 마을에 하나뿐인 명옥의 동갑내기 친구였다. 하지만 기욱은 명옥이가 순이와 노는 것을 좋아하지 않았다. 기욱은 순이 아버지를 '왜놈들 개'라고 불렀다. 일본 밑에서 경찰을 하면서 마을 사람들을 지독하게 괴롭혔기 때문이다.

일본이 전쟁에서 져 물러가자 순이네 식구는 집 밖으로 나오지 못했다. 그동안 괴롭힘을 당했던 사람들이 무슨 해코지를 할지 모를 일이었다. 밤이면 누군가 순이네 집에 돌을 던지고 장독이 여러 개 깨졌다. 며칠 후, 순이네 식구들이 마을에서 사라졌다. 한밤중에 아무도 모르게 도망친 것이다. 하지만 미군정이 시작되면서 순이 아버지는 다시 마을로 돌아왔다. 전보다 더 어깨에 힘을 주고 다녔다. 지서로 출근도 시작했다. 기욱은 그런 순이 아버지를 지독히 싫어했다. 인민의 피를 빨아먹고 사는 거머리 같은 인간이라고 했다. 평소였으면 순이네 집에 갈 생각은 하지도 않았을 것이다. 하지만 이렇게 어수선한 때 경찰인 순이 아버지는 뭔가 알고 있을 것 같았다.

진숙은 명옥이 손을 잡고 걸음을 재촉했다. 명옥이 걸음이 느려진다 싶으면 업고 걸었다. 조금이라도 빨리 순이 아버지를 만나야 했다. 남편은 명옥이가 어쩌다 순이와 마주쳐 노는 것도 싫어하는 눈치였다. 아이들끼리 만나 노는 것을 말릴 수는 없는 노릇이었지만 순이 아버지를 생각하면 진숙도 내키지 않는 것은 마찬가지였다. 그러나 지금은 그게 문제가 아니다. 남편에게 무슨 일이 생긴 것만 같았다.

"명옥이 어멍, 명옥이 아방 집에 이서?"

막 진섭이네 집을 지날 때였다. 문밖으로 나오던 진섭이 엄마가 잰걸음으로 길을 가던 진숙을 붙들었다. 진숙은 걸음을 멈췄다. 진섭이 엄마 표정을 보니 진섭이 아버지도 집에 없는 모양이었다.

"진섭이 아방도 집에 안 완 마씸?"

"뭐라고? 그럼 명옥이 아방도?"

둘은 서로 쳐다보며 불안한 마음을 감추지 못했다.

"저 지금 순이 아방한테 가는 길인데. 같이 강 물어보게 마씸."

"순이네? 나는 영 마음이 안 내켬신디…."

마을에서 순이 아버지를 좋게 생각하는 사람은 아무도 없었다. 경찰이니 나중에 무슨 해코지를 당할까 싶어 순이 아버지가 하라는 대로 하는 것이지, 좋아서 그 말을 따르는 사람은 없었다.

"그럼 어떵해 마씸? 순이 아방은 순사니까 뭐라도 알 거 아니꽈?"

"게메이(그런가)? 그럼 난 집 앞까지만 따라가크라, 명옥이 어멍이 말해이."

진숙은 고개를 끄덕이고 앞장섰다. 진숙도 순이 아버지와 마주 보고 이야기하는 것이 영 꺼림칙했다. 진섭이 엄마가 같이 가서 다행이었다.

"순이 아방, 순이 아방 집에 이수광?"

안에서는 아무런 기척도 없었다. 진숙은 마음이 급해졌다. 문고리를 잡으려고 손을 뻗었다. 그때 문이 벌컥 열렸다. 순이 어머니가 열린 방문으로 얼굴만 빼꼼 내밀었다.

"순이 아방은 무사(왜) 찾암수광?"

"저…, 그게 명옥이 아방이….""

진숙은 선뜻 말이 나오지 않았다. 남편 기욱은 나쁜 짓을 할 사람이 아니다. 잘못을 저지른 것도 아닌데 순사 집 앞에서 이야기하려니 자기도 모르게 말을 더듬었다.

"명옥이 아방이 어쨌다는 거우꽈?"

"그게…, 간밤에 집에 안 와신디 혹시 무슨 일이 생기지 않아신가 해서예."

"진섭이 아방도 집에 안 와수다."

뒤에 있던 진섭이 어머니가 끼어들며 말을 보탰다.

"그 집 남편들 집에 안 온 걸 나가 어떵 알아? 어디 강 술 먹엉 자거나 투전이나 하고 있을테쥬."

"그게 아니고, 혹시 순이 아방은 뭘 알고 있지 않을까 해서 마씸. 지서에 무신 신고라도….""

"지금 순이 아방도 며칠째 집에 못 왐수다게. 지난번 난리 때문에 말이우다. 뭔 사람들이 그리 모여 나랏일을 방해 햄신지 몰라. 난 모르쿠다. 돌아갑서.""

순이 어머니는 방문을 쾅 하고 소리 나게 닫아버렸다.

"어멍, 순이랑 못 놀아?"

진숙의 손을 잡고 있던 명옥이 진숙을 올려다보며 물었다.

"어? 순이? 순이 집에 없는 거 같아. 아주망, 이제 어떵허코 마씸?"

진숙이 진섭이 엄마를 보며 물었다. 진숙은 갑자기 어지럼증을 느꼈다. 차라리 남편이 어디서 술을 마시고 잠이 든 것이면 좋겠다고 생각했다. 지금쯤 잠에서 깬 남편이 집에 와 있으면 얼마나 좋을까? 방으로 들어오는 진숙과 명옥을 보고 '어디 갔다 왐서?' 하고 말을 할 것만 같았다. 서둘러 집으로 향했다.

집 근처 정자나무 아래 사람들이 모여 있었다. 무슨 일이 난 모양이다. 진숙은 명옥의 손을 꽉 잡고 뛰듯이 걸었다. 명옥이가 천천히 좀 가라고 했다. 진숙은 명옥이를 안고 뛰었다.

"아무나 잡아간다니 그게 무슨 말이우꽈?"

모인 사람 중 누군가 물었다. 탁주 한 사발을 마시고 난 남자가 입을 열었다.

"조금이라도 수상하다 싶으면 경찰이 잡아간댄 마씸. 제주 읍내에서도 경(그렇게) 했고, 애월, 모슬포에서도 경 했댄 마씸. 남자들은 집 밖으로 나오지 말라는 말도 돌고. 좀 젊다 싶으면 무조건 잡아간댄 햄수다."

"아니, 그게 말이 됨수광? 사람들이 뭘 잘못했다고 잡아간

댁 마씸?"

더벅머리 총각 용문이가 억울하다는 표정으로 물었다.

"언제는 말이 되는 세상이어시냐? 이거야 원. 일본 놈들 물러가고 좀 살만해지나 해신디."

사람들이 웅성대는 소리가 커졌다.

"이러지들 말고 집에 돌아가서 가능하면 밖으로 나오지들 맙서에. 이런 촌구석에까지 뭔 일이 있을까 싶지만, 모르는 일이난. 어서 집으로 돌아갑서."

모두 그게 좋겠다며 서둘러 집으로 향했다. 진숙도 서둘러 집으로 향했다. 집 돌담 앞에서 진숙은 집에 들어가지 못하고 멈춰 섰다. 남편이 없으면 어쩌나 하는 마음에 마당으로 선뜻 들어가지 못했다. 남편 신발이 놓여 있길 바라는 마음으로 천천히 고개를 들어 방문을 쳐다봤다. 마루 밑 흙마루에 신발이 한 켤레 있었다. 진숙의 얼굴이 환해졌다. 기욱이 왔다고 생각했다. 그러나 자세히 보니 신발은 남편 것이 아니었다. 여자 신발이었다. 남편이 아직 집에 오지 않은 것이다. 진숙은 깊은 한숨을 내쉬었다. 그럼 저 여자 신발은 누구 것이지? 진숙은 조심스레 문을 열었다.

"언니!"

"어? 아가씨!"

순욱이 방에 앉아 있다가 진숙을 보고 벌떡 일어났다. 순욱은 제주 읍내에서 은행에 다녔다. 기욱은 동생이 은행원이 됐다며 무척 기뻐했다. 세상이 바뀌고 있으니 여자도 공부해야 한다며 동생을 학교에 보내 공부를 시킨 건 기욱의 생각이었다. 순욱이 졸업하자마자 은행에 취직하니 기욱은 명옥이 태어났을 때보다 더 기뻐했다. 어머니는 순욱이 어릴 때 돌아가셨고 아버지는 해방된 기쁨을 며칠 누리지 못하시고 기욱과 진숙이 혼인하던 해 여름에 돌아가셨다. 순욱에게는 네 살 터울의 기욱이 아버지 같은 존재였다.

"아가씨, 은행은 어떵허고?"

"오라방은?"

두 사람이 동시에 서로에게 물었다. 진숙이 대답이 없자 순욱이 먼저 입을 열었다.

"지금 읍내는 난리 나수다. 전부 다 파업을 한다고 문을 닫안 마씸. 도청도 문을 닫고 경찰서도 문 닫은 곳이 여러 군데우다게. 집에도 겨우 와수다."

"네? 파업 마씸? 그게 뭐우꽈?"

"지난번에 총을 쏜 걸 책임지고 경찰이 사과해야 한다고 모든 직장이 문을 닫는 거 마씸. 지금 육지에서 경찰들이 더 올 거래 허고."

"경찰 마씸? 무사?"

"그거야 나도 모르쿠다."

진숙은 자꾸만 불안해졌다. 사람들을 마구 잡아간다고 하고, 육지에서도 경찰이 들어온다니 무슨 사달이 날 것만 같았다. 제발 아무 일이 없길 바랄 뿐이었다. 지금이라도 남편이 방문을 열고 '갔다 왔져!'라고 말을 하면 얼마나 좋을까 생각했다.

"그런데, 오라방은 어디 가수광?"

순욱이 방안을 둘러보며 물었다. 순욱의 말에 진숙이 깜짝 놀라며 순욱을 쳐다봤다.

"그…, 그게 사실은…. 나도 잘 몰라 마씸."

"네? 언니가 모르면 누가 알아 마씸?"

순욱이 깜짝 놀라며 물었다. 자기도 모르게 목소리가 커졌다.

"어젯밤에 나가서는 아직 안 들어왐수다."

진숙은 자신이 무슨 죄라도 지은 것처럼 고개를 푹 숙였다. 그런 진숙을 보자 순욱은 자신이 너무 큰 소리를 낸 것이 아닌가 하는 생각이 들었다.

"언니, 미안하우다. 나는 오라방이 걱정돼서 그만."

순욱의 말에 진숙은 고개를 들었다.

"실은 며칠 전부터 밤마다 어딜 나강 새벽에 들어오고 해신디. 어딜 감신지(가는 것인지) 물어도 대답도 없고, 그저 명옥이는 좋은 세상에서 살게 해줘야 한다고만 핸 마씸."

진숙은 순욱에게 그동안 있었던 일을 모두 이야기했다.

"그럼 오라방도 혹시?"

순욱은 뭔가 짚이는 것이 있었다. 지금 섬 전체가 지난 3월에 있었던 일로 인민위원회와 미군의 갈등이 심해져 뒤숭숭했다. 오빠도 이번 일에 관련된 것이 아닌지 걱정이었다. 그때 문밖에서 진숙을 부르는 소리가 들렸다.

"명옥이 어멍, 명옥이 어멍 안에 이서?"

진숙은 문을 열고 마루로 나갔다. 아침에 만났던 진섭이 엄마였다.

"무사 마씸?"

"그… 그게…. 모슬…. 헉! 헉!"

진섭이 엄마는 숨을 헐떡이며 말을 이었다.

"모슬포에서 사람이 죽었댄 햄져."

"네? 사람이 죽었다고 마씸? 무사 마씸?"

"경찰한테 맞아서 죽었댄."

진섭이 엄마는 더 이상 말이 없었다. 진숙은 다리에 힘이 풀려 마루에 주저앉고 말았다. 순욱이 진섭이 엄마에게 물었다.

"그 사람은 무슨 잘못을 해서 그런 거 아니우꽈? 경찰이 괜한 사람을 무사?"

진섭이 엄마는 문밖을 이리저리 둘러보더니 입을 열었다.

"잘못은 무신! 친구들이랑 낚시 간다고 나갔다가 그렇게 되신디. 바다로 가는 게 수상허난 경했댄. 빨갱이라고 하면서….

몽둥이로 막 때령, 경 행(그렇게 해서) 죽었댄. 섬사람이 바다에 가는 게 뭐가 수상하다고 경 헌건지."

진숙과 순욱은 서로 얼굴만 쳐다볼 뿐 더는 말을 잇지 못했다. 진숙은 혹시라도 남편에게 무슨 일이 생긴 건 아닌지 불안했다.

그날 저녁, 세 식구는 저녁 밥상 앞에 앉았다. 배가 고픈지 명옥이는 밥을 맛있게도 먹었다. 그러나 진숙과 순욱은 숟가락을 들지 못하고 멍하니 앉아만 있었다.

"오라방한티 무신 일이 생긴 건 아니겠지에?"

순욱이 물었지만, 진숙은 대답하지 못했다. 진숙은 도저히 밥을 먹을 수가 없었다. 입맛이 없는 건 순욱도 마찬가지였다. 순욱이 밥상을 들고 나와 설거지를 했다. 설거지를 하다가도 자꾸 밖을 내다봤다. 작은 소리라도 들리면 오빠가 집에 들어오는 것만 같았다.

다음 날, 진숙은 온종일 누워있다시피 했다. 순욱이 밥을 지어 가지고 왔지만, 한술도 뜨지 못했다. 남편은 어디 가서 죽었는지 살았는지도 모르는데 밥이 넘어갈 턱이 없었다. 게다가 무슨 탈이 났는지 속이 메슥거려 밥 냄새만 맡아도 구역질을 했다. 그렇게 며칠이 흘렀다. 어디서도 기욱의 소식을 들을 수가 없었다.

명령 그리고 만남

"여러분도 알다시피 지난번 경찰의 발포는 시위대로부터 경찰을 보호하고 나라를 지키기 위한 정당방위였다."

경찰과 군인 간부들이 모인 자리에서 미군정 경무부장 조병옥이 목소리에 힘을 주었다. 1947년 3월 1일, 경찰의 발포 이후 제주도 전역에서 파업이 일어나자 사태를 진정시키기 위해 급하게 제주로 온 것이다.

"지금 인민위원회니 뭐니 하는 것은 모두 *남로당 빨갱이들이 하는 짓이니 샅샅이 조사해서 모조리 잡아들이도록 하시오."

"네!"

경찰과 군인들의 대답으로 경찰서 회의실 안은 쩌렁쩌렁 울렸다. 단 한 사람만 대답 없이 깊은 한숨을 내쉬었다. 국방경비대 9연대장 김익렬 중령이었다.

"하여튼 이 빨갱이 새끼들이 여기까지 와서 이런 소동을 벌이다니. 가만두면 안 됩니다. 저를 믿고 한번 맡겨주시면…."

---

* 해방 정국에 결성된 좌익 계열의 정당. 남조선노동당의 줄임말.

경찰 간부 한 명이 조병옥 앞에서 머리를 조아리고 있었다. 김익렬은 멀리서 그 모습을 지켜보며 혀를 찼다.

"자네는 이 모든 게 남로당 짓이라고 생각하나?"

김익렬이 부하 장교인 문상길 중위에게 물었다.

"네? 그, 글쎄요."

"남로당이 제주까지 와서 활동하고 있는 것은 맞을 거야. 하지만 이게 그들만의 잘못이겠나?"

"그게 무슨 말씀인지?"

문 중위는 연대장의 갑작스러운 이야기에 적잖이 당황했다. 혹시 누가 듣고 있는 건 아닐지 주위를 둘러보았다.

"나가세. 나가서 밥이라도 먹으면서 이야기하세."

두 사람은 경찰서 문을 나섰다. 곧 국밥과 막걸리 잔을 앞에 두고 마주 앉았다.

"자네 여기 온 지 얼마나 됐지?"

"이제 넉 달째 됩니다."

"어떤가? 여기서 지내는 건?"

"좋습니다. 하지만 아직 말을 잘 못 알아듣는 게 좀 힘들긴 합니다."

문상길이 머리를 긁적이며 대답했다. 김익렬이 그런 문상길을 보고 웃더니 말을 이었다.

"지난해, 여기 처음 왔을 때가 생각나는군."

김익렬은 지난 이야기를 꺼냈다.

모슬포에 창설된 9연대장으로 발령 받아 왔을 때 김익렬의 눈엔 모든 것이 낯설었다. 일본군이 쓰던 건물을 그대로 사용했기 때문에 시설도 형편없었다. 아직 병사들도 모으지 못해 군인 수도 얼마 되지 않았다. 이듬해에 500여 명 병력을 모으기까지 9연대는 보잘것없는 모습이었다.

김익렬은 차를 타고 마을을 돌았다. 함께할 군인들을 모집하기 위해서였고 인민위원회 활동을 살피기 위해서였다. 어느 마을에 가든 낯선 외지 사람을 반갑게 맞아주었다.

"군인 양반, 이리 왕 탁주 한 사발 허고 갑서."

김익렬이 괜찮다며 손을 내저어도 마을 어르신들은 끝내 자리에 앉히고 탁주 잔을 내밀었다. 김익렬은 어쩔 수 없이 잔을 받아 마셨다. 섬사람들은 일본이 물러가고 새 세상이 왔다며 기뻐했다. 앞으로 닥쳐올 거센 파도는 의심조차 하지 않았다.

김익렬이 모슬포항 주변을 돌아볼 때였다. 한 무리 아이들이 김익렬을 보고 달려왔다.

"아저씨, 군인 맞아 마씸?"

김익렬이 고개를 끄덕였다.

"정말 군인이우꽈?"

그 모습이 귀여워 웃으며 대답했다.

"그럼, 군인이지. 이제 제주는 아저씨 같은 군인들이 지켜줄 거야."

아이들은 뭐가 좋은지 저희끼리 웃으면서 만세를 불렀다. 그중 한 아이가 김익렬을 빤히 쳐다보더니 물었다.

"아저씨, 그럼 나도 군인 될 수 이수광?"

"어? 네가?"

9연대에서 국방경비대 군인을 모집하고 있다는 사실을 아이들도 알고 있었다. 해방이 되었지만 아직 독립된 나라가 세워진 것은 아니었다. 군대도 창설되지 못하고 국방경비대라는 이름으로 급히 만들어졌다. 그마저도 군인 수가 부족해서 국방경비대가 창설된 지역에서 병력을 모집해야 했다.

"네. 나도 군인 되고 싶어 마씸."

당돌한 아이 모습이 귀여웠다.

"음…. 아직 조금 더 커야겠는데. 군인이 되기엔 좀 어린 것 같구나."

"어리다니요. 나 열네 살이우다. 이제 다 컸수다."

아이는 자기를 무시하는 김익렬을 못마땅하다는 듯 노려봤다.

"하하하. 미안하다. 널 어리다고 놀리려는 건 아니었어. 그럼 이 아저씨가 한 삼 년 더 기다려줄까? 그때 날 찾아오면 군인이 될 수도 있겠구나."

"아저씨, 진짜지에?"

"그래. 약속하마."

김익렬이 새끼손가락을 내밀었다. 아이는 자기 손가락을 김익렬의 손가락에 걸었다.

"난 왜놈들이 다시는 우릴 넘보지 못하게 할 거우다. 꼭 군인이 될 거 마씀."

아이 얼굴에 미소가 번졌다. 꽉 쥔 주먹이 뭔가 대단한 다짐을 하는 것 같았다. 김익렬이 아이의 머리카락을 쓸어주고 돌아섰다.

"아저씨!"

아이가 돌아서 가는 김익렬을 불렀다. 김익렬에게 달려온 아이는 손에 들고 있던 물고기를 내밀었다.

"이거에."

"이게 뭐냐?"

"나가 잡은 건디, 아저씨 먹읍서."

"뭐야? 이거 혹시 군인 시켜달라고 주는 뇌물이냐?"

"뇌물에? 뇌물이 뭐우꽈?"

"하하. 아니다. 그런데 이걸 왜 날 주는 거냐?"

"그냥, 먹고 힘내라고 마씀. 아저씨는 왠지 좋은 사람 같수다."

아이는 그 말을 하고 뒤돌아서 친구들에게 뛰어갔다.

"애야!"

김익렬이 아이를 불렀다. 아이가 멈춰 뒤를 돌아봤다.

"네 이름이 뭐냐? 이름을 알아야 나중에 군인을 시켜주지."

"진수 마씸. 고진수. 아저씨, 약속 꼭 지킵서예."

아이가 손을 크게 흔들었다. 김익렬도 아이를 보며 손을 흔들었다.

"그 녀석 당돌하네요. 어린 녀석이 군인이 되겠다니."

김익렬이 이야기를 마치자 문상길이 웃으며 말했다.

"어디 그 아이뿐이겠나? 섬사람들 모두 이 섬을 참 많이 사랑한다네. 그래서 서로를 지켜주려는 것이지."

김익렬이 막걸리 잔을 내려놓으며 말했다.

"자네도 알다시피 제주도는 원래 전라도에 속한 섬이었네. 경찰도 적고, 국방경비대도 필요가 없었지. 게다가 해방된 후에는 인민위원회에서 모든 행정을 자연스럽게 주도했어. 제주는 인민들의 평화로운 섬이었네. 한 다리 건너면 다 아는 사람인 제주는 단합이 아주 잘 되었고, 인민위원회에서는 모두가잘 사는 제주를 만들기 위해 힘을 모으자고 했어. 그런데 미군정에선 인민위원회를 마음에 안 들어했어. 자기들 마음대로하지 못 하니까 말이지."

문상길은 나라 없는 설움을 겪으며 살아온 어린 시절을 떠올렸다. 상길이 열 살 되던 해, 상길의 가족은 더는 고향 땅에서 살 수 없게 되었다. 상길은 눈물을 흘리며 부모를 따라 만주로 향했다. 만주에서 지낸 지 아홉 해가 되었을 때 일본이 패망했다. 일본이 물러간 후 미군이 나라 세우는 일을 돕고자 이 땅에 왔다. 문상길은 조금이라도 도움이 되고자 군인의 길을 선택했다. 상길의 부모는 어수선한 시기에 군인이 되는 것은 위험하다고 말렸지만, 상길은 군인이 된 자신이 자랑스러웠다. 낯선 섬에서 지내는 일이 쉽진 않았지만, 나라를 위하는 일이라 여기며 견뎠다. 그런데 김익렬은 우리나라를 돕고 있는 미군정을 나쁘게 말하고 있었다.

문상길은 연대장이 위험한 인물은 아닐까 의심되었다. 미군정 아래에서 제주도 전체를 책임지고 있는 군인의 입에서 나올법한 말이 아니었다.

"그래도 혹시 모르는 일 아닙니까? 인민위원회 안에 남로당원들이 있을지 모르는 일입니다. 군인은 인민을 보호하기 위해 있는 것이고 미군이 우리 정부 수립을 위해 돕고 있는 것 아닌지요?"

가만히 듣고만 있던 문상길이 자기 생각을 이야기했다.

"역시 자네도 그렇게 생각하는군. 그래, 문 중위 생각이 맞을 수도 있어. 하지만 지금, 이 나라 꼴을 좀 보게. 왜놈들 밑에서 개처럼 굴던 자들이 미군정 밑에서 다시 설치고 있어. 인민의 나라를 만들자는 그들을 빨갱이로 몰고 있단 말일세."

김익렬은 깊게 한숨을 내쉬었다. 남로당원들이 숨어서 활동하며 국가 건설을 방해한다면 그걸 막아야 했다. 문상길은 그것이 곧 세워질 나라에 충성하는 일이며 군인의 의무라고 여겼다. 하지만 연대장인 김익렬은 문상길의 생각과 다른 말을 하고 있었다.

다음 날, 모슬포 9연대 본부. 김익렬 연대장은 부하 장교들을 모았다. 수색 명령을 내리기 전에 당부할 말이 있었다.

"경무부장님의 명령이 있었다. 각 중대는 구역별로 마을을 수색하여 남로당원들이 있으면 체포하도록 한다."

"네!"

"단, 절대 민가에 피해가 없도록 해야 한다. 알겠나?"

부하들에게 명령을 내리는 연대장의 표정이 어두웠다. 경무부장은 제주도를 빨갱이 섬이라고 했다. 남로당이 제주도를 공산화하려 한다고 이야기하고 다녔다. 그러나 김익렬은 이말이 사실과 다르다는 것을 알았다. 적어도 자신이 만나 본 제주 사람들은 그런 사람들이 아니었다. 힘든 형편에도 웃음을 잃지 않는 사람들이었다. 서로 힘을 모아 인민이 주인이 되는 나라를 만들겠다는 것이 제주 인민위원회의 바람이었다. 인민위원회 중 일부는 미군이 당장 이 땅에서 떠나야 한다고 목소리를 높였다. 인민위원회와 미군정은 서로를 적으로 여기고 있었다. 김익렬은 뭔가 큰 파도가 몰아칠 것 같은 불안한 생각이 들었다.

　문상길은 부하들을 데리고 부대를 출발했다. 문상길이 수색을 맡은 지역은 제주도 서쪽 중산간 마을이었다. 해안가와는 달리 사람이 많이 살지 않았다. 어찌 보면 이런 곳이 빨갱이들이 숨어들기에는 더 좋은 조건인지도 몰랐다.

　정자나무가 있는 마을이 나타났다. 제법 여러 집이 모여 사는 곳이었다. 마을에서는 남자들을 찾아보기 어려웠다. 어린아이들이나 나이 많은 노인뿐이었다. 정자나무 아래 있던 사람들이 군인을 보고 슬금슬금 자리를 피해 집으로 들어갔다.

　"문 중위님, 마을이 너무 조용합니다. 여자나 어린아이들밖에 없습니다."

　"그게 더 수상하다. 어딘가 숨어있을지 모른다. 집마다 샅샅이 수색하도록 해."

　문 중위의 명령에 군인들이 두세 명씩 흩어져 마을을 수색했다. 문 중위도 수색을 시작했다. *정낭이 다 내려져 있는 걸

---

* 제주의 대문으로 나무 세 개를 걸쳐놓은 것에 따라 집에 사람이 있는지 없는지 알려주는 용도로 사용했다.

보니 안에 사람이 있는 것이 분명했다.

"주인 계시오? 잠시 조사할 것이 있어서 왔습니다."

흙마루에 신발이 있는 것을 본 문상길이 집 안을 향해 소리쳤다. 방에 있던 순욱은 밖에서 들리는 남자 목소리에 깜짝 놀라 벌떡 일어섰다. 문을 열어야 할지 말아야 할지 몰라 망설였다. 신발이 있는데 문을 안 열면 더 수상하게 여길 것이다. 순욱은 어쩔 수 없이 방문을 열고 밖을 내다봤다.

"무신 일이우꽈?"

군인이 서 있었다. 가슴이 콩닥콩닥 뛰었다. 그렇다고 문을 닫아버릴 수도 없었다. 어쩔 수 없이 마루로 나섰다. 문 중위는 열린 문 사이로 방 안을 훑어보았다. 컴컴해서 잘 보이지 않았다.

"혼자 사십니까?"

"아, 아니우다. 언니는 잠시 어디 가수다."

순욱은 두려웠다. 아침에 순사가 와서 조사할 것이 있다며 진숙을 데리고 갔는데 군인까지 집에 오니 무슨 일이 생긴 것만 같았다.

"집에 남자는 없소?"

순욱은 말없이 고개만 가로저었다. 문상길은 뭔가 수상하다는 생각이 들었다.

"방을 잠시 살펴보겠소."

"무사 경 허맨 마씸(무슨 일로 그러시는 거예요)? 우린 아무 잘 못도 안 해수다."

문상길은 문을 막아선 순욱을 한쪽 팔로 밀며 방으로 들어섰다. 그 소리에 명옥이 잠에서 깼다. 명옥은 문상길을 보자 울음을 터트렸다.

"아가, 아저씨 나쁜 사람 아니야. 울지 마."

명옥이 울자 문상길은 당황해 손짓하며 명옥을 달랬다. 순욱이 명옥을 안아 올렸다.

"명옥아, 울지 마. 우리 명옥이 착하지."

문상길은 방 안을 둘러보았다. 한쪽 구석에 이불이 잘 개켜져 있었다. 살림살이라고는 기울어져 가는 작은 옷장 하나뿐이었다.

"아이와 둘이 사시오?"

방문을 나서며 문상길이 순욱에게 물었다.

"아니우다. 언니랑."

"아이 아버지는요?"

"네? 아이 아방 마씸?"

순욱은 더럭 겁이 났다. 뭐라고 답해야 할지 걱정이 되었다. 며칠째 돌아오지 않는 오빠에게 일이 생긴 건 아닌지도 걱정이었다.

"네. 남편 말입니다."

"뭐랜 햄수광? 남편?"

순욱은 소리를 빽 질렀다. 안고 있던 명옥이를 방바닥에 내려놓고 문상길을 똑바로 바라보며 말했다.

"나 아직 처녀우다. 나가 어딜 봐서 결혼한 것처럼 보염수광? 군인 아저씨 눈이 어떵 된 거 아니꽈?"

좀 전까지 겁에 질려있던 모습이 아니었다. 허리에 양손을 얹고 두 눈을 크게 뜨고 문상길을 나무라듯 쏘아붙였다.

"아…. 그게 그러니까 아이와 아주머… 아니 아가씨 둘이 있으니까."

"아니. 이 아저씨가 정말! 아주머니라니? 내가 어딜 봐서 아주머니우꽈?"

순욱이 문상길을 밀었다. 빨리 방에서 나가라는 뜻이었다. 문상길은 뒷걸음치며 방을 나왔다.

"아! 미안합니다. 제가 실수했습니다. 이만 가보겠습니다."

문상길은 서둘러 신발을 신고 순욱의 집을 나왔다. 허겁지겁 밖으로 나오며 문상길은 웃고 있었다. 군인이나 경찰을 보면 잘못한 것이 없어도 긴장하고 떨기 마련인데 저렇게 당당한 모습을 보니 저도 모르게 웃음이 나왔다. 문상길은 쫓겨나듯 순욱의 집에서 나왔다.

순욱은 긴 한숨을 몰아쉬었다. 곧 지서에 간 진숙이 걱정되었다.

아침밥을 먹고 상을 물리기도 전에 순사들이 들이닥쳐 진숙을 데리고 갔다.

"조사할 것이 있소!"

이 한 마디뿐이었다. 지서에 불려간 것은 진숙만이 아니었다. 마을 사람 여러 명이 지서로 불려갔다. 경찰은 작은 트럭을 타고 와서 마을 사람들을 마구잡이로 데리고 갔다. 집에 남자가 있으면 남자를 잡아갔고, 남자가 없으면 아내나 자식을 잡아갔다.

"남편 이름!"

저지 지서에 도착한 진숙은 경찰관 앞에 마주 앉았다. 마치 범죄를 저지른 사람이나 된 것처럼 딱딱한 목소리로 묻는 경찰 때문에 진숙은 가슴이 조여왔다.

"양기욱이우다."

"양기욱이 지금 어디 있는지 알고 있지?"

진숙은 말없이 고개를 가로저었다.

"부인이 모른다는 게 말이 돼?"

"정말 몰라 마씀! 친구랑 막걸리 한 사발하고 온다고 나가신디 안 들어왐수다. 우리 남편 좀 찾아줍써."

"시끄러워. 여기가 무슨 당신네 소원 들어주는 곳인 줄 알아!"

경찰이 들고 있던 서류로 책상을 내리치며 윽박질렀다. 진숙은 움찔하며 두 눈을 감았다.

"양기욱이 언제부터 집에 안 들어왔어?"

"그게, 한 달 정도 된 마씸."

"뭐? 한 달? 한 달이나 남편이 안 들어오는데 왜 경찰에 이야기 안 한 거야? 뭔가 수상한데. 남편이랑 몰래 연락하는 거 아니야?"

수상하다는 말에 진숙은 두 손을 내저었다.

"순이 아방한테 가서 남편 찾아 달라고 말해신디. 모른다고, 돌아가라고만 해수다."

"순이 아버지? 순이 아버지가 누구야?"

"여기 지서에…."

경찰은 그제야 순이 아버지가 누군지 알겠다는 듯 고개를 끄덕였다.

"김봉연이란 이름 들어봤지?"

진숙은 고개를 저었다.

"아니요. 처음 들엄수다."

"김봉연을 모른다? 같은 마을 사람인데 모른다는 게 말이 된다고 생각해?"

"정말 몰라 마씸."

진숙은 김봉연을 알고 있었다. 남편이 김봉연과 친하게 지내는 것도 알았다. 하지만 사실대로 말하면 안 될 것 같았다.

해방이 되고 일본에서 살던 사람들이 고향을 찾아 돌아왔다. 그때 김봉연도 일본에서 돌아왔다.

김봉연은 남편과 같은 동네에 살았다. 일제 치하에서 일본으로 유학 가서 공부하다가 해방이 되자 고향으로 돌아왔다. 해방 이듬해, 한림중학교에서 교사로 일하며 학생들에게 역사를 가르쳤다. 그러다가 지난해부터 인민위원회 일을 시작했다고 들었다. 남편이 언젠가 김봉연을 만나고 온 날 이런 말을 했다.

"봉연이 형님한티 많은 걸 배운다니까. 일본 놈들에게 붙어 먹던 최석기 같은 인간 말종허고 형님이 친구라는 게 믿기지 않암서."

최석기는 저지 지서 경찰인 순이 아버지를 말하는 것이었다. 최석기는 김봉연이 인민위원회 일을 하는 것을 곱게 보지 않았다. 일본이 물러가고 친일파라며 손가락질을 받던 최석기는 집 밖으로 나오지 못했다. 인민위원회에서 최석기를 조사한다는 말도 돌았다. 마을에서 최석기가 사라진 것도 이맘때였다. 하지만 미군정이 시작되면서 최석기는 다시 경찰이 되어 활개를 치고 다녔다. 최석기는 어쩌다 마을에서 김봉연을 만나면 그렇게 설치고 다니다 큰코다친다며 비웃었다.

경찰 입에서 김봉연 이름이 나오자 진숙은 자신도 모르게 몸이 움츠러들었다. 남편이 김봉연과 같이 있을 것만 같았다.

"하긴, 너는 몰라도 네 남편은 알겠지. 같이 다녔을 테니까."

경찰이 진숙을 노려보며 말했다.

"우리 남편은 그 사람이 누군지 몰라 마씸."

"이봐! 여기 끌고 가."

진숙을 조사하던 경찰이 건너편에 있던 경찰을 부르며 턱짓으로 진숙을 가리켰다.

"곧 사실대로 말하게 될 거야."

경찰관은 진숙을 보며 피식 웃었다. 다른 경찰이 와서 진숙을 끌고 나갔다. 진숙은 복도를 따라 걸었다. 복도 양옆에 있는 방에서는 비명이 들렸다. 비명이 멈추면 욕하는 소리가 들렸다. 진숙은 다리에 힘이 풀렸다. 속이 메스꺼웠다. 갑자기 구역질이 났다. 아침에 먹은 미음이 입술 사이로 새 나왔다.

"에이! 이게 뭐야. 더럽게."

진숙을 데리고 가던 경찰이 진숙을 밀쳤다. 진숙은 그만 바닥에 내동댕이쳐졌다.

"무슨 일이야?"

반대쪽에서 걸어오던 경찰이 물었다.

"예! 이 여자가 더럽게 토악질을 하는 바람에 그만."

진숙을 데리고 가던 경찰이 차렷 자세로 대답했다.

"아니 이게 누구십니까? 제수씨! 왜 여기 이러고 계십니까?"

부드럽고 귀에 익은 목소리에 진숙이 고개를 들었다. 최석기였다.

"순이 아방!"

진숙은 벽을 짚고 일어섰다. 순이 아버지는 진숙을 데리고 오던 경찰에게 가보라는 듯 손짓을 했다. 그러고는 진숙을 작은 방으로 데리고 갔다. 방 안에는 커다란 책상이 있고 그 위에는 작은 꼬챙이들이 가득했다. 천장에는 기다란 기둥이 있고 쇠로 된 줄이 대롱대롱 매달려 있었다. 처음 보는 것들이지만 어디에 쓰는 것인지 짐작이 갔다. 보고 있는 것만으로도 소름이 끼쳤다.

"기욱이도 집에 안 들어와수광?"

순이 아버지가 특유의 능글맞은 표정을 지으며 물었다. 진숙은 말없이 고개만 끄덕였다. 일본 순사복을 입고 마을을 돌아다니던 순이 아버지 모습이 떠올랐다. 다시 구역질이 나오려는 것을 가까스로 참았다.

"요즘 제주가 빨갱이 소굴이 되어가고 이수다. 그놈들 잡으려고 나도 이렇게 며칠 동안 집에도 못 가고 있는 거 아니우꽈? 기욱이가 언제든 집에 다니러 올 테니 허튼짓허지 마랑(말고) 경찰에 자수허랜 헙서."

"그이는 그럴 사람이 아니우다. 그저 친구들 만난다고만 핸마씸."

"다 그렇게 이야기 헌댄 햄수다. 빨갱이가 언제 '나 빨갱이우다!' 하고 이야기 헌댄 마씸? 나가 한 동네 사는 정으로 오늘은 그냥 보냄수다에."

순이 아버지는 말을 하며 방을 빙 둘러보았다. 다음에는 저 도구들을 쓸 수도 있다는 행동으로 보였다.

"아! 기욱이에게 연락이라도 오거든 전해줍서. 김봉연이 있는 곳만 말하면 기욱이는 나가 책임지고 아무 일 없게 해준다고."

순이 아버지는 진숙에게 경고하듯 말하고 방을 나갔다. 이런 사람에게 남편을 찾아달라고 갔던 일이 후회되었다. 진숙은 그렇게 지서 문을 나섰다. 어지럼증이 생겨 걷다가 주저앉기를 여러 번 했다.

순욱은 마루에 한참이나 그대로 앉아있었다. 오빠가 지금이라도 '니가 여기 무신 일이고?' 하며 들어설 것만 같았다. 그때였다. 아까 그 군인이 다시 집으로 들어왔다. 순욱은 벌떡 일어났다. 오빠가 집을 나가 안 돌아오는 것을 알아챈 것은 아닌지 걱정이었다.

"저…, 이름이?"

문상길은 순욱을 보고 대뜸 물었다. 순욱은 입이 떨어지지 않았다. 아까는 무슨 용기가 나서 그렇게 말했는지 모르겠지만 혹시 자기를 잡아가면 어떻게 하나 걱정이 되었다.

"저기, 아가씨?"

문상길이 순욱을 불렀다.

"잘못했어요. 아까는 제가…."

문상길은 두려운 눈빛으로 떨고 있는 순욱을 보자 웃음이
났다.

"그런 게 아니고. 궁금해서요. 아가씨 이름이?"

문상길을 빤히 바라보던 순욱이 입을 열었다.

"순욱인디. 양순욱."

"아! 양순욱, 네. 잘 알겠습니다. 수상한 사람들이 있을 수 있
으니 어서 방으로 들어가 계십시오."

문상길은 거수경례까지 하고 밖으로 나갔다.

부대로 돌아온 문상길은 낮에 수색 나갔던 마을을 떠올렸
다. 사람들이 군인을 보고 슬금슬금 피했다. 하지만 수상한 낌
새는 전혀 없었다. 군인을 보고 피하는 건 어찌 보면 당연한 일
이었다. 총을 든 군인들이 갑자기 나타났는데 반길 사람이 있
을 리 없다. 경무부장 말과 달리 마을은 너무나도 평화로웠다.
빨갱이가 득실댄다는 말이 사실일까? 어디서도 그런 모습은
찾을 수 없었다. 문상길은 머릿속이 복잡했다. 진실이 무엇인
지 알 수 없었다. 문상길은 복잡한 생각을 털어내려는 듯 머리

를 흔들었다. 그러다 문득 낮에 봤던 순욱의 모습이 떠올랐다. 허리에 양손을 짚고 두 눈을 크게 뜨고 아주머니라고 한 자신을 나무라는. 순욱을 생각하니 자꾸 입꼬리가 올라갔다. 하지만 이내 상길의 표정이 어두워졌다. 누나가 떠올랐기 때문이다. 상길과 누나는 두 살 터울이었다. 어릴 때 누나는 상길과 다투면 낮에 순욱이 그랬던 것처럼 허리에 양손을 짚고 눈을 부릅뜨며 씩씩댔다. 상길은 그런 누나를 약 올리려고 더 놀리곤 했다. 하루가 멀다고 싸웠지만, 지금은 누나가 미치도록 보고 싶었다. 더 이상 볼 수 없어 더 그리웠다.

저녁이 다 돼서야 진숙은 집에 도착했다. 마루에 오를 힘이 없어 흙마루에 그대로 주저앉았다. 낮에 지서에서 들은 말들을 곱씹었다.

'빨갱이', '김봉연'.

도대체 남편은 어디서 무얼 하고 있단 말인가? 남편이 걱정되면서도 원망스러웠다. 갑자기 또 구역질이 났다. 온종일 먹은 것도 없는데 자꾸만 게우니 온몸에 힘이 없었다. 구역질하는 소리를 듣고 순욱이 뛰쳐나왔다.

"언니, 무사 마씸?"

진숙의 등을 두드리며 순욱이 물었다. 순간, 진숙은 자신의 배를 만져보았다. 그런 진숙을 보며 순욱의 눈이 커졌다.

"언니, 혹시?"

남편의 행방도 모르는 이런 때 새 식구가 찾아온 것이다. 진숙은 기쁘면서도 알 수 없는 설움이 북받쳐 올랐다. 남편이 곁에 있었으면 얼마나 기뻐했을까, 생각하니 눈물이 났다. 방에 들어온 진숙은 그대로 쓰러지듯 잠들었다. 명옥이 잠투정을 하느라 칭얼거렸지만, 그 소리도 듣지 못하고 깊은 잠에 빠져들었다. 진숙은 꿈에 남편을 보았다. 남편은 경찰서 작은 방에 거꾸로 매달려 있었다. 진숙이 낮에 최석기를 만났던 그 방이었다. 경찰의 매질에 남편 몸이 축 늘어졌다. 온몸에 피멍이 들어 끔찍했다. 진숙은 손을 뻗어 남편을 만지려 했다. 하지만 손이 닿지 않았다. 진숙은 애타게 남편을 불렀다.

"여보! 여보!"

잠에서 깬 진숙은 무릎 사이에 고개를 파묻고 울었다. 꿈이었지만 남편 모습이 너무도 생생했다. 하염없이 눈물이 흘렀다. 명옥과 순욱이 깰까 봐 소리 죽여 울었다. 부디 남편에게 아무 일도 없길 바라면서.

서북청년단

모슬포항 근처 한 식당에서 큰 소리가 났다. 계급장이 없는 군복을 입은 한 무리의 사람들이 난동을 부리고 있었다. 섬에서는 듣지 못하는 억양이었다.

"안주가 뭐 이따위야? 제주에 오면 펄펄 뛰는 횟감이 넘쳐난다더니. 다 거짓말이구먼 기래."

"내 말이 그 말 아닙니까? 이보라오, 주인! 고조 좋은 고기는 산에 숨어든 빨갱이 새끼들에게 다 갖다 준 거 아이야?"

말을 마친 사내가 술잔을 주인에게 집어 던졌다. 주인이 맞진 않았지만, 벽에 부딪힌 술잔이 쨍그랑 소리를 내며 깨졌다. 사내는 분이 안 풀리는지 회가 담긴 접시를 엎었다.

"죄송허우다. 다시 내오쿠다."

식당 주인은 연신 허리를 굽히며 어쩔 줄 몰라 했다.

"제대로 하라. 제대로!"

허겁지겁 주방으로 향하는 식당 주인을 보고 사내들은 낄낄거렸다. 음식이 맛이 없어서가 아니었다. 그냥 트집 잡아 시비를 거는 거였다.

"내래 빨갱이들 득실거리는 꼴 보기 싫어 내려왔더니만 여기도 빨갱이가 넘쳐 나는구만 기래. 하여튼 빨갱이 새끼들 내 손에 잡히면 가만 안 두가서."

"누가 아니래. 내 손에 걸리면 다 죽은 목숨이지."

주인이 다시 상을 차려오자 사내들은 웃음을 지으며 서로 욕하거나 아무 말이나 지껄이며 술을 마셨다. 거나하게 취한 무리가 식당 문을 열고 나섰다.

"저…. 술값은….'

말을 다 마치지 못하고 식당 주인이 고꾸라졌다.

"뭐야! 술값? 이 간나 새끼, 우리가 누군 줄 알고 까불어? 응?"

술에 취한 사람들이 식당 주인에게 발길질을 했다.

"잘못했수다. 제가 몰라뵙고 그만. 그냥 갑서. 그냥 가도 되마씸."

무릎을 꿇은 식당 주인이 손바닥을 비비며 빌었다.

"잘못했어? 그럼 죗값을 치러야지. 야! 이 빨갱이 새끼 날래 끌고 가라."

"예!"

식당 주인은 너무 많이 맞아서 제대로 걷지도 못하며 질질 끌려갔다.

"저 빨갱이 아니 마씸. 잘못했수다. 한 번만 봐줍서. 다신 경

49

안 허쿠다."

식당 안에 있던 식당 주인의 아내까지 나와 매달리며 사정을 했다. 사내가 제 다리를 붙들고 있는 여인의 머리끄덩이를 잡더니 고개를 뒤로 젖혔다. 사내는 고개를 숙여 여인의 얼굴을 자세히 봤다. 이내 사내는 웃음을 짓더니 부하들에게 명령했다.

"이보라우! 이 에미나이도 빨갱이구만. 같이 끌고 가라우."

그렇게 두 사람은 끌려갔다.

희미한 전구만 밤새 식당을 밝혔다.

빨갱이를 잡는다며 사람들이 육지에서 섬으로 왔다. 경찰옷을 입은 사람도 있었고 군복을 입은 사람도 있었다. 그러나 그들 옷에는 계급장이 없었다. 여름에서 겨울 사이 2천 명이 넘는 외지인이 제주에 들어왔다. 사람들은 그들을 서북청년단이라고 불렀다. 나랏일 하는 높은 사람들이 보냈다는 말도 있었다. 그들은 닥치는 대로 사람들을 잡아갔다. 잡혀가지 않으려고 버티면 몽둥이를 들고 때렸다. 울던 아이들도 서북청년단이란 말을 들으면 무서워서 울음을 그치고 이불 속으로 숨었다. 식당에서 행패를 부린 이들도 서북청년단원이었다.

국민학교 운동장에 사람이 어림잡아도 백여 명은 넘게 모였다. 연단에서는 덩치 큰 사내가 연설하고 있었다.

"지금 빨갱이들이 제주를 공산화하려고 하고 있다. 우리가 누군가? 공산주의자들이 싫어서 내려온 자유민주주의의 수호자들이다."

"와!"

서북청년단 제주지부장 장동춘의 연설에 단원들이 환호했다. 키가 크고 몸이 다부진 장동춘은 목소리도 쩌렁쩌렁했다. 장동춘이 말을 하다 잠시 쉴 때마다 사람들이 손뼉을 치며 환호성을 질렀다.

"지금 이 아름다운 섬이 온통 빨간색으로 물들어가고 있다. 이걸 우리가 어찌 그냥 보아 넘길 수 있겠는가? 우리는 국가와 민족을 사랑하는 마음으로 빨갱이들을 모조리 잡아들여 자유 대한을 지켜내야 할 것이다."

장동춘의 연설이 격해질수록 모인 사람들이 주먹 쥔 손을 들어올리며 소리를 질렀다. 여기저기서 '빨갱이를 때려잡자!', '공산당을 몰아내자!' 같은 구호가 들렸다. 운동장 가득 모인 단원들을 보며 장동춘은 미소를 지었다. 저렇게 충성스러운 단원들이 있는데 무슨 일인들 못할까? 생각하니 든든했다. 장동춘은 고향을 떠나오던 날을 떠올렸다.

"영철이 아버지, 어디 가는 기야요?"

"조용히 하고 따라 오라. 잡히면 우린 죽은 목숨이야."

바짓단이 서리에 스쳐 젖는 줄도 모르고 걸음을 재촉했다. 장동춘은 아내와 아들 영철을 데리고 간단한 옷가지와 패물만 챙겨서 집을 나섰다. 마을마다 일정 때 경찰이나 공무원이었던 사람을 잡아서 죽인다는 소문이 돌았다. 장동춘은 일본인들 밑에서 경찰로 일했다. 일본 편에 서서 동포를 괴롭히는 일이었지만, 양심의 가책은 없었다. 태어날 때부터 없던 나라였다. 나라를 팔아먹는 것도 아니고 그저 먹고살기 위한 것이었다. 살아남으려면 별다른 방법이 없었다. 이렇게 한순간에 해방이 될 줄은 꿈에도 몰랐다. 그동안 불려놓은 땅과 재산을 두고 떠나야 하는 것이 아까웠지만 목숨과 바꿀 수는 없었다. 감시가 소홀한 밤을 틈타 남쪽으로 내려갔다. 낮에는 산속에 숨어있다가 해가 지면 움직였다. 혹시라도 들킬까 봐 불도 피우지 않았다. 배가 고프면 생쌀을 씹어 먹었다. 아직 어린 영철은 생쌀을 잘 소화하지 못했다. 불을 피울 수 없으니 초겨울 추위를 맨몸으로 견뎌야 했다. 세 식구는 서로 끌어안고 오들오들 떨며 밤을 보냈다.

"영철이 몸이 불덩입니다."

아내의 말에 장동춘은 아들의 이마를 만졌다.

"여기 가만히 있으라. 내래 가서 약을 구해 오가서."

"내래 무섭습네다. 가지 마시라요."

"그라믄? 영철이를 죽게 두자는 기야?"

장동춘은 아내와 아들을 산에 둔 채 마을로 내려왔다. 약을 구해 반나절 만에 돌아왔다. 그런데 아내와 아들이 안 보였다. 집에서 들고 온 옷가지가 흩어져 있을 뿐이었다. 장동춘은 산을 헤매고 다녔다. 열이 펄펄 끓는 아이를 데리고 아내 스스로 길을 나섰을 리 없다. 분명 무슨 일이 생긴 것이다. 며칠이나 산을 헤매고 마을을 돌아다니며 아내와 아들의 행방을 알아보았지만 끝내 찾지 못했다. 장동춘은 이를 악물었다. 소리 죽여 울음을 삼켰다. 결국, 장동춘은 홀로 남쪽으로 내려왔다.

거지나 다름없는 장동춘을 받아준 것은 서북청년단이었다. 고향이 같다는 이유 하나로 아무것도 가진 것 없는 그를 받아주었다. 장동춘은 공산당이라면 치를 떨었다. 그들 때문에 고향을 버리고 떠나와야 했다. 아내와 아들과도 생이별했다. 그에게 빨갱이는 당장 죽여야 할 적이었다. 남쪽으로 내려온 장동춘은 서울에서 금세 자리를 잡았다. 큰 덩치에 힘깨나 쓰는 그는 위에서 시키는 일이라면 뭐든 했다. 힘을 쓰는 일이라면 그를 따를 사람이 없었다. 그는 금세 서북청년단의 중심인물이 되었다. 다시 예전처럼 어깨에 힘을 주고 거리를 돌아다녔다. 사람들이 자신을 피하는 것을 즐겼다.

"이보게, 동춘이! 이번에 제주에 좀 내려가야겠어."

고향 선배인 최만섭이 장동춘을 불렀다.

"제주요? 여기도 할 일이 많은데…."

"언제까지 이런 험한 일만 하려고 그래?"

두 사람은 언제부턴가 사투리를 고치려고 일부러 서울말을 쓰기 시작했다. 그러나 아직 억양은 그대로 남아있었다.

"제주에 빨갱이들이 설치고 있다는구만. 가서 싹 쓸어버려. 이번 일 잘되면 내가 경찰 쪽에 한자리 알아볼 테니까 말이야. 제대로 된 계급장 다시 달아야 하지 않겠어?"

제대로 된 계급장! 남쪽에 있다는 섬에 가서 조금만 고생하면 다시 경찰이 될 수 있다는 말이었다. 마다할 까닭이 없었다. 며칠 후, 장동춘은 부하들 몇 명을 데리고 제주로 떠나는 배를 탔다.

연설을 마친 장동춘은 한 무리의 청년들을 데리고 운동장을 나섰다. 비릿한 바닷바람이 코를 간질였다. 빨갱이들을 다 잡아들이고 하루라도 빨리 서울로 갈 생각에 마음이 급했다.

"순욱 씨, 누님, 안에 계십니까?"

상길은 대문 밖에서 순욱을 불렀다. 언제부턴가 상길은 진숙을 누님이라 부르고 순욱을 순욱 씨라고 다정하게 불렀다. 수색을 핑계 삼아 자주 들렀다. 올 때마다 명옥이 먹으라고 미제 초콜릿과 과자도 가져왔다. 잠시 뒤 순욱이 방문을 열고 나왔다. 순욱은 말없이 고개만 꾸벅하고 인사했다. 상길은 그런 순욱을 보며 웃었다. 처음 만났던 날이 자꾸 떠오르기도 했고 순욱을 보는 것이 좋았다. 자꾸만 마음이 순욱을 향해 가고 있었다.

"문 중위님 와수광?"

진숙이 따라 나오며 상길에게 인사를 했다. 진숙은 배가 많이 불러 힘들어 보였다. 배가 불러 힘든 것도 있지만 지서에 가서 또 조사를 받고 온 지 사흘이 채 되지 않았다.

"몸도 무거운데 왜 나오십니까? 바람이 찹니다. 어서 들어가십시오."

"네, 그럼."

진숙은 방으로 들어가려다 풀썩 주저앉았다. 임신한 몸으로 조사를 받고 오느라 힘들었던 모양이다.

"누님, 왜 그러세요?"

상길이 군화를 벗고 진숙을 부축해 방에 눕혔다. 명옥은 그런 엄마를 보고 울음을 터뜨렸다.

"명옥아, 엄마 괜찮을 거라. 배 속에 동생이 있어서 힘든거난. 걱정허지 말라."

순욱은 명옥을 안고 달랬다. 상길이 진숙의 손을 이불 속에 넣어주려다 멈칫했다.

"누님, 손이 왜 이래요?"

그제야 순욱도 진숙의 손을 봤다. 손가락 마디마다 피멍이 들어있었다. 심하게 굽은 손가락도 있었다.

"언니, 손이 무사 영 된마씸? 누가 경 해수광? 경찰이 경 핸마씸?"

"누님, 경찰이 이랬습니까?"

상길이 진숙의 손에 있는 상처와 멍 자국에 손을 가져갔다. 진숙은 소스라치게 놀라며 손을 이불 속으로 집어넣었다.

"이런 개자식들!"

상길이 허공을 향해 낮고 무거운 목소리로 욕을 했다. 진숙의 다친 손을 보자 상길은 오래전 일이 떠올랐다.

부모님이 들에 가고 집에는 누나와 상길만 있었다. 긴 칼을 차고 총을 든 일본 순사가 마당에 들어섰다. 마루에서 놀고 있던 두 아이는 놀라서 벌떡 일어났다. 일본 순사는 다짜고짜 누나를 끌어냈다. 상길은 누나 팔을 잡아끌고 가는 순사에게 달려들어 몸통을 붙들고 매달렸다. 옆에 있던 순사가 상길을 떼어 내 바닥에 동댕이쳤다.

"누나! 누나!"

흙범벅이 된 얼굴로 상길이 누나를 불렀다.

"상길아!"

누나가 뒤를 돌아보며 상길을 불렀다. 누나는 순사들에게 질질 끌려가고 있었다. 상길이 무슨 생각이 났는지 벌떡 일어나더니 창고로 들어갔다. 창고에서 나온 상길의 손에는 낫이 들려있었다. 하지만 상길은 발이 떨어지지 않았다. 가슴에선 당장 달려가 누나를 구하라고 심장이 요동쳤지만, 그 자리에 선 채 꼼짝도 할 수 없었다.

"누나…, 우리 누나 놔주란 말이야!"

상길이 겨우 입 밖으로 뱉은 말은 소리가 작아 일본 순사에게도, 누나에게도 들리지 않았다.

"상길아, 상길아!"

누나는 상길의 이름을 목이 쉬도록 부르며 끌려갔다. 겨우 정신을 차린 상길은 어머니, 아버지가 있는 밭으로 달려갔다. 소식을 들은 아버지는 미친 사람처럼 어디론가 달렸다. 상길은 어머니 품에서 울고 또 울었다.

그날 밤, 아버지는 다리를 절뚝이며 집에 왔다. 온몸에 피멍이 들어있었다. 어머니와 아버지는 말없이 밤새 울기만 했다. 상길은 울다가 지쳐 잠이 들었다. 며칠이 지나고 상길의 가족은 고향을 떠났다. 그 후로 누나 소식은 어디에서도 들을 수 없었다.

상길의 눈에 눈물이 맺혔다. 진숙의 모습을 보자 어릴 때 끌려 간 누나를 보며 아무것도 하지 못한 자신의 모습이 떠올랐다. 진숙이 힘겹게 입을 열었다.

"아가씨, 문 중위님, 난 괜찮수다. 난 경해도 아이 가졌다고

심하게 대하지 않안마씸. 다른 사람들은…."

진숙은 말을 잇지 못하고 돌아누웠다. 진숙의 어깨가 떨렸다. 진숙은 고문 받던 순간을 떠올렸다. 경찰이 손가락 사이에 긴 막대기를 끼우고 발로 밟았다. 기욱이 어디 있는지 모른다고 하면 밟았고, 김봉연을 모른다고 하면 밟았다. 손가락이 떨어져 나갈 것만 같았다. 차라리 손가락이 없어졌으면 좋겠다고 생각했다. 진숙은 두려웠다. 이 고통을 참지 못해 남편이 김봉연을 만났다고 말하게 될 것만 같았다. 진숙은 이를 악물었다. 이겨내야 했다. 이를 너무 악물었는지 입안에서 비릿한 피냄새가 났다.

"순욱 씨, 누님 좀 쉬시게 우리 나갑시다. 명옥아, 이거 먹고 어머니 곁에 있거라."

상길이 명옥이에게 과자를 건넸다. 명옥이 얼굴에 미소가 번졌다. 상길은 순욱과 나란히 마루에 걸터앉았다.

"아니, 어떵 사람을 저렇게 만들어 놓을 수 이서 마씸!"

순욱이 방을 가리키며 말했다. 상길의 잘못은 아니지만, 화가 나서 자신도 모르게 목소리가 커졌다.

"지금 조금만 수상하면 잡아들이고 있습니다. 아무래도 조심하는 게……."

"무사 수상해마씸? 우리가 무신 잘못이라도 했단 말이우꽈?"

"그게 아니고…."

상길은 뭐라 속 시원하게 답하지 못하는 것이 안타까웠다. 벌써 몇 달째 순욱의 오빠는 집에 오지 않고 있었다. 어쩌면 순욱의 오빠는 상길이 잡아야 하는 사람일지도 몰랐다. 하지만 상길의 마음은 자꾸만 순욱과 순욱의 가족을 향하고 있었다.

"아, 참. 순욱 씨 이거…."

상길이 잊고 있던 게 떠오른 듯 묵직한 종이 뭉치를 마루에 내려놓았다. 일부러 밝은 표정을 지었다.

"이거 뭐우꽈?"

"누님 아이 낳을 날이 가까워진 것 같아서…."

순욱은 종이봉투를 열었다. 커다란 고깃덩어리였다.

"아니 이건!"

"미군들은 만날 저런 걸 먹습니다. 식당에서 일하는 사람한테 얻었습니다."

순욱은 늘 자신과 진숙을 챙겨주는 상길이 고마웠다. 좀 전에 상길에게 화낸 것이 미안했다. 한편으로는 오빠가 군인이나 경찰을 피해 숨어있는 것은 아닌지 걱정이었다. 혹시라도 오빠가 집에 오는 날 상길이 찾아오면 어쩌나 하는 생각이 들었다.

"순욱 씨, 혹시라도 오빠가 집에 오시면…."

상길이 어렵게 입을 열었다. 순욱의 오빠가 경찰이나 서북 청년단에 붙잡히면 살아남기 어려웠다. 국방경비대에서 조사하게 된다면 자신이 어떻게 손을 써볼 수 있었다. 지금으로선 그 방법이 최선이었다.

"네? 그게 무신 말이우꽈."

"제 이야기 오해하지 말고 들으세요. 지금 집에 없는 남자들은 모두 빨갱이로 몰리고 있는 상황입니다. 경찰이나 서청에게 잡히면 절대 안 됩니다. 그러니까 오빠가 혹시라도 집에 오시면 꼭 저한테 알려주세요. 그게 오빠도 살고, 누님이랑 순욱 씨도 사는 길입니다. 제 말 명심하세요."

상길이 마음 써서 하는 말이라는 걸 순욱도 알고 있었다. 하지만 상길마저도 오빠를 의심하고 있는 것 같아서 불안했다. 오빠가 상길의 손에 잡혀가는 상상을 했다. 생각만으로도 온몸이 떨렸다. 순욱은 상길의 말에 아무런 대꾸도 못했다. 상길은 다음에 올 때 상처에 바를 약을 가져오겠다며 부대로 돌아갔다.

상길이 부대로 돌아가고 순욱은 부엌으로 가서 미역국을 끓였다. 상길이 주고 간 고기도 넣었다. 잘 먹어야 진숙이 기운을 차릴 것이었다. 다행히 쌀독에 보리쌀이 조금 있었다. 순욱이 부엌에 간 사이 진숙은 일어나 옷장 문을 열었다. 깊숙한 곳에서 종이 한 장을 꺼내 펼쳐보았다.

명옥이 어멍, 나여. 난 잘 지내고 이시난 걱정 허지 말라. 나 때문에 당신이 지서에 갔다는 거 알고 이시져. 미안허다. 부디 몸 조심하고 잘 지내라이. 곧 집에 한 번 들르켜.

며칠 전 새벽, 밖에 인기척이 나서 나가 보니 보리쌀 한 보퉁이와 편지가 있었다. 진숙이 대문 밖으로 나가 봤지만 아무도 없었다.

집에 돌아와 편지를 읽은 진숙은 가슴이 타들어 가는 것 같았다. 남편이 살아있다는 사실에 안도했지만, 두려운 마음은 더 커졌다. 편지는 순욱에게도 보이지 못했다. 혹시라도 누가 알게 되면 온 식구가 살아남지 못할 것이었다. 편지에 눈물이 뚝 떨어졌다. 깜짝 놀라 옷소매로 닦았다. '들르켜.'라는 글자가 눈물에 번져 시커멓게 변했다. 진숙은 남편의 글씨가 지워지는 것이 안타까워 울었다. 혹시라도 순욱이 들을까 봐 꺽꺽 울음을 삼켰다. 편지지가 남편인 것처럼 꼭 끌어안으며.

상길이 순욱의 집에 자주 드나들면서 군인들도 순욱이나 진숙을 함부로 대하지 않았다. 그러나 경찰에서는 수시로 진숙을 불렀다. 기욱이 어디 있는지, 집에는 안 왔었는지 물었다. 처음에는 그냥 묻기만 했는데 진숙이 끝내 모른다고 하면 고문도 서슴지 않았다. 다행이라면 순이 아버지가 이야기했는지 임신한 몸이라 그런지 몰라도 다른 사람보다는 덜 심했단 것이다. 그렇다 하더라도 고문 당하는 마을 사람들의 울부짖음을 듣는 건 또 다른 고통이었다. 지서에 다녀온 후 굽어버린 손가락은 영영 펴지지 않았다.

지서에 끌려가 조사를 받은 건 진숙뿐만이 아니었다. 많은 사람이 지서에 잡혀가서 조사를 받았다. 한번 끌려가면 제대로 걸어서 집에 오지 못했다. 국방경비대 군인들은 마을 사람들에게 함부로 하지 않았다. 총을 들고 집마다 수색하니 두려운 것은 마찬가지였지만 서북청년단에 비할 바가 아니었다. 서북청년단이 지나간 마을은 울음바다가 되었다. 때리고 물건을 빼앗아 가는데 어떤 기준도 없었다. 그저 마음에 안 들면 때리고, 아무 집이나 들어가서 물건과 양식을 빼앗아갔다. 안 그래도 먹을 것이 없어 하루 한 끼도 먹기 힘든 주민들은 양식을 뺏기지 않으려고 안간힘을 썼다. 하지만 양식을 숨겼다가 들키면 양식도 뺏기고 서북청년단의 몽둥이질을 맨몸으로 견뎌야 했다.

마을의 몇 가족은 먹을 양식을 챙겨 산으로 숨어들었다. 집에 있다가 모두 다 뺏기고 굶어 죽느니 산에 들어가 숨어 지내는 것이 낫다고 여긴 것이다. 마을에는 점점 빈집이 늘어 갔다. 진숙은 아직 어린 명옥과 배 속의 아이 때문에 어디도 갈 수 없었다. 상길은 순욱의 가족이 걱정되어 자주 들렀다. 한 번 오면 한참 머물다가 부대로 돌아가곤 했다. 서북청년단이 마을을 돌아다니다가 진숙의 집에 들러도 상길이 있으면 그냥 가곤 했다. 그들이 아무리 포악할지라도 국방경비대 중위에게 함부로 할 수는 없었다. 하지만 언제까지 그럴지는 아무도 알 수 없었다.

김익렬이 문상길을 연대장실로 불렀다. 연대장실에는 다른 군인 한 명이 먼저 와 있었다. 문상길이 들어서자 앳된 얼굴의 군인이 일어서며 문상길을 향해 경례했다.

"문 중위, 여기 앉게. 손 하사도 앉고."

세 사람은 자리에 앉았다.

"문 중위, 여긴 손선호 하사일세. 이번에 내 부관으로 오게 됐네. 아주 듬직한 친구야."

김익렬이 문상길에게 손선호를 소개했다.

"문상길일세. 반갑네."

문상길이 손을 내밀었다. 손선호가 웃으며 손을 맞잡았다. 서글서글하고 잘 웃는 인상이었다.

"자네가 올해 몇 살이라고 했지?"

"네. 열아홉 살입니다."

손선호가 대답했다.

"그래? 그럼 문 중위가 두 살 많구먼. 두 사람이 친하게 지내면 좋을 것 같아서 불렀네. 이렇게 어수선한 시기엔 자네들 같은 진짜 군인이 필요하거든.”

김익렬은 말을 이었다.

“지금 경찰이나 서청이 설치고 다니는 꼴을 좀 보게. 해도 너무해. 자기들 위에는 아무도 없다는 듯 행동하고 있어. 자네들 보긴 어떤가?”

“마을 주민들이 서청을 피해 산으로 숨고 있다는 말을 들었습니다. 비위에 거슬리면 빨갱이 취급을 하며 괴롭힌다고 합니다.”

문상길이 대답했다. 마을을 돌아다니면서 서청 단원들이 하는 짓거리를 수도 없이 많이 봤다. 하지만 그들은 누구의 말도 듣지 않았다.

“이대로 두어서는 곤란한데 말이야.”

“그럼 어떻게 하실 생각입니까?”

손선호가 물었다.

“자네들 생각을 들어보려고 부른 거야. 어떻게 하면 좋겠나?”

문상길이 조심스럽게 입을 열었다.

“이렇게 하면 어떻겠습니까?”

김익렬과 손선호가 문상길을 쳐다봤다.

“서청이 나가는 곳에 저희 병력도 보내는 것입니다. 수색도 하고 서청도 감시하면 되지 않겠습니까?”

"수색하는 일만으로도 벅찰 텐데 괜찮겠나?"

김익렬이 문상길에게 물었다.

"제가 마을을 돌아다녀 보니 수상한 자들은 거의 없습니다. 서청의 횡포로부터 인민들을 지키는 일이 먼저입니다."

김익렬이 고개를 끄덕였다.

"알겠네. 서청 아이들 가는 곳을 잘 살피고 행패 부리지 못하도록 감시해. 손 하사는 병력 지원할 방법을 좀 찾아보게."

"네, 알겠습니다."

문상길과 손선호가 동시에 대답했다.

"특히, 곡식이나 먹을거리를 뺏어가지 못하도록 잘 감시해야 한다."

김익렬이 덧붙여 말했다. 가난한 도민들은 미군정과 서북청년단 양쪽에게 곡식을 뺏기고 있었다. 추수철이 되면서 미군정에서는 집마다 곡식을 내라고 강요했다. 하지만 제주는 벼농사를 거의 짓지 못했다. 게다가 해방 후에 고향으로 돌아오는 사람이 많아져 인구가 갑자기 늘었다. 안 그래도 먹고 살기 힘든 형편에 곡식을 수탈해 가니 미군정에 대한 반감이 커지고 있었다. 불난 집에 기름 끼얹듯 서북청년단원들도 마을을 돌아다니며 돈이 되는 것들을 빼앗아갔다. 그들에겐 월급이란 것이 없었다. 대신 약탈을 마음껏 해도 된다고 허용되었다. 도민들의 불만은 커져만 갔다. 언제 폭발할지 모르는 활화산 같았다.

빨갱이 사냥

마을에 장동춘이 나타나면 모두 벌벌 떨었다. 긴 죽창을 들고 있던 장동춘이 죽창 끝으로 한 집을 가리키면 부하들이 들어가서 돈이 될 만한 물건을 모조리 가지고 나왔다. 혹시라도 저항하면 빨갱이라며 때리거나 잡아갔다. 장동춘이 나타나면 마을 사람들은 집 안으로 숨었다. 하지만 숨는 데는 한계가 있었다. 서북청년단은 집에 사람이 안 보이면 불을 지르기도 했다. 숨어있다 불을 피해 나오면 매질이 시작됐다. 그들이 달라는 대로 줄 수밖에 없었다.

맞고 빼앗기는 데는 아무런 까닭이 없었다. 장동춘이 빨갱이라고 하면 그 사람은 빨갱이가 되는 것이었다. 이런 장동춘을 경찰도 보고만 있었다. 그의 뒤에는 경무부장 조병옥이 있었다. 조병옥을 등에 업은 장동춘의 나쁜 짓은 날이 갈수록 심해졌다.

문상길과 손선호는 장동춘과 그 일당의 행동을 김익렬에게 보고했다. 김익렬은 당장 경찰서로 가서 그들을 잡아들이라고 이야기했다.

"무고한 인민들을 괴롭히고 있소. 당장 그들을 잡아들여야합니다. 왜 경찰은 이렇게 손 놓고 보고만 있는 겁니까?"

김익렬이 항의하면 경찰서장은 얼버무리며 대답하곤 했다.

"내가 조사해서 잘 처리하겠으니 그만 돌아가시오. 이건 경비대 일이 아니라 경찰 일이오."

항의하고 나면 며칠은 잠잠했다. 그러나 그들은 나쁜 짓을 멈출 생각이 없었다. 오히려 더 심해졌다.

"아! 이거 심심한데, 여긴 왜 사람 새끼 하나 안 보이는 거야?"

장동춘이 죽창을 질질 끌며 금악마을 입구에 나타났다. 장동춘 뒤로 열 명이 넘는 부하들이 서로 낄낄거리며 따라왔다. 길거리에 아무렇게나 침을 뱉었다. 돌멩이를 들고 있다가 집 안에 던지기도 했다. 사람들이 경찰과 군인, 서북청년단을 피해 산으로 숨어드는 일이 많아지면서 장동춘과 일당의 출현이 잦아졌다.

"노인네, 오래도 사셨네. 건강히 오래 사시구려."

할머니 한 분이 마당에서 콩에 섞인 돌을 고르고 있었다. 말을 한 사내가 콩이 담긴 소쿠리를 발로 걷어찼다. 콩이 마당 여기저기 흩뿌려졌다.

"이 사람이 무사 영 햄시. 이걸 다 흩어놓으면 어떵 허랜."

할머니가 마당에 흩뿌려진 콩을 주워 담았다.

"뭐라고? 이 할망구가!"

부하 한 명이 할머니 머리끄덩이를 잡았다.

"할망구 아들도 산으로 숨어든 모양이구만 그래. 빨갱이들한테 물들어서 말이야."

"그게 무신 말이우꽈? 난 아들 없수다."

"거짓말하지 마! 어디 숨겨놨어? 우리가 가서 잡아 오면 그날이 아들 제삿날이야. 알겠어?"

군홧발로 할머니 어깨를 걷어찼다. 할머니가 억 소리를 내며 뒤로 넘어졌다.

"지금 뭐 하는 거우꽈?"

장동춘 일당의 뒤에서 누군가 외치는 소리가 들렸다. 군홧발로 할머니를 걷어찼던 남자가 뒤를 돌아봤다. 젊은 여자가서 있었다.

"지금 우리한테 한 말이우꽈?"

무리 중 하나가 여자의 말투를 흉내 냈다. 나머지가 저희끼리 쳐다보며 웃었다.

"젊은 아가씨가 아주 당차구만."

장동춘이 부하들 사이를 헤치고 앞으로 나오며 말했다.

"수상한 사람을 찾으러 온 거민 수상한 사람만 찾읍서. 죄 없는 할망 무사 괴롭히는 거 마씸?"

"수상한 사람이라….'

장동춘이 피식 웃었다.

"내가 보기엔 지금 그쪽이 가장 수상하구만 그래. 감히 우리가 누군 줄 알고 이렇게 당당할까? 빨갱이가 아니고서는 이 장동춘에게 함부로 할 사람이 없을 텐데."

장동춘이 한 발 앞으로 나서더니 여자의 턱을 손으로 잡았다.

"가까이서 보니 꽤 귀엽구만."

"이 손 놓지 못허우꽈."

여자가 장동춘의 손을 팔로 쳐내며 소리쳤다.

"장동춘이 누군지 모르겠지만 내 몸에 손대지 않는 게 좋을 거우다. 남편이 경비대에 이수다. 경비대 문상길 중위가 내 남편이라에."

장동춘에게 큰소리친 것은 바로 순욱이었다. 순욱은 자기도 모르게 상길을 남편이라고 말해버렸다. 지나가다가 행패 부리는 것을 보고 무작정 소리쳤지만, 순욱은 뭔가 일이 잘못되고 있음을 느꼈다. 서청 이야기는 순욱도 이미 들어서 알고 있었다. 그런 서청 단원들에게 소리를 질렀으니 이제 죽었구나, 하는 생각뿐이었다.

"그래서 어쩌라고? 남편도 빨갱이 잡느라고 아주 바쁘겠구먼. 집에도 자주 못 오고 말이야. 나는 시간이 아주 많아. 내가 같이 놀아줄까?"

장동춘이 제 얼굴을 순욱의 얼굴 가까이 들이밀었다. 순욱은 움찔 놀랐다. 그 순간 장동춘이 우악스럽게 순욱의 손을 잡고 할머니 집으로 잡아끌었다. 부하들이 집을 에워쌌다. 순욱은 끌려가지 않으려고 했지만 장동춘의 힘을 이기지 못했다.

"당장 그 손 놓지 못해!"

끼익! 하는 소리와 함께 군용 트럭이 멈췄다. 그리고 그 안에서 군인들이 내렸다. 군인들이 장동춘과 부하들을 향해 총을 겨눴다.

"당장 그 손 놔!"

문상길이었다. 옆에 있던 손선호가 장동춘을 향해 총을 겨눴다.

"상길 씨!"

순욱이 상길을 보며 울먹였다.

"오호라! 저 군인 양반이 남편이로구만. 그런데 빨갱이 잡아야 할 시간에 경비대가 여긴 어쩐 일이십니까?"

여전히 순욱의 손을 잡은 채 장동춘이 능글맞은 미소를 지으며 말했다.

"무고한 사람들 괴롭히지 말라는 말 못 들었나? 너희들이 해야 할 일을 똑바로 하는지 감시하는 것이 내 임무다. 당장 그 손 놓고 꺼져!"

순욱의 손을 놓은 장동춘이 부하들에게 눈짓했다. 부하들이 장동춘 뒤로 모였다.

"얘들아, 가자! 남편이 오셨으니 물러나 주는 것이 예의지. 이보시오 군인 양반, 부인께서 너무 겁이 없으시던데, 조심하라고 이야기해 주는 게 좋을 듯합니다."

장동춘은 문상길의 발 앞에 침을 뱉고 돌아섰다.

"저 새끼를 그냥!"

손선호가 총을 내리고 주먹을 들어 올렸다. 문상길이 손선호를 말렸다.

"그냥 두게. 괜히 싸워봐야 좋은 일 없네."

문상길은 얼른 순욱에게 달려갔다.

"순욱 씨, 괜찮아요?"

순욱은 다리에 힘이 풀리는지 그 자리에 주저앉았다. 손선호와 군인들이 마당에 쓰러져 있는 할머니를 방으로 모셨다. 상길은 우선 순욱을 부축해 할머니 집 마루에 앉게 했다.

"순욱 씨, 어떻게 된 일이에요? 왜 순욱 씨가 저들에게?"

순욱은 잠시 숨을 고르고 좀 전에 있었던 일을 이야기했다. 상길의 얼굴이 어두워졌다.

"순욱 씨, 당분간 제가 매일 들르겠습니다. 저놈들이 언제 다시 올지 모릅니다. 절대 집 밖으로 나오지 않는 게 좋겠어요. 저도 방법을 찾아보겠습니다."

순욱은 상길의 부축을 받으며 집에 왔다. 집에 거의 다 왔을 때 상길이 순욱에게 물었다.

"그런데 아까 장동춘이 이상한 소리를 하던데…?"

순욱은 무슨 소리인가 싶어 상길을 빤히 바라봤다.

"순욱 씨를 제 부인이라고…."

순간 순욱의 얼굴이 붉어졌다. 상길은 그런 순욱을 보고 웃었다.

"그…, 그거야 너무 무서워부난 경 말핸 마씸. 허튼 소리 하실 거면 얼른 갑서."

순욱이 상길의 등을 떼밀었다. 상길은 떠밀리면서도 웃었다. 그때였다. 방 안에서 비명이 들렸다. 순욱과 상길이 방문을 열었다. 진숙이 고통스러워하며 배를 잡고 데굴데굴 굴렀다.

"언니, 무신 일이우꽈? 언니! 정신 좀 차려봅서."

"순욱 씨, 누님이 아기 낳으려는 것 같아요."

순욱이 어찌할 바를 몰라 발만 동동 굴렀다. 명옥이는 고통스러워하는 엄마 옆에서 울음을 터트렸다. 상길이 밖으로 나가더니 군인 몇 사람을 불러왔다.

"빨리 병원으로 옮기는 게 좋겠습니다."

"병원 마씸?"

순욱이 물었다.

"네. 아무래도 위험해 보여요."

상길이 진숙의 치마를 가리켰다. 순욱은 깜짝 놀랐다. 방바닥이 피로 흥건했다. 진숙은 군용 트럭을 타고 병원으로 향했다. 순욱도 명옥이를 안고 트럭에 탔다. 병원에 도착하자마자 진숙은 응급실로 옮겨졌다. 상길은 부대에 일이 있어 다녀오겠다고 했다. 혼자 남은 순욱은 응급실 밖 의자에 앉아 마른 손을 비볐다. 울다가 지친 명옥은 잠이 들었다. 두 시간쯤 지나자 의사가 나왔다.

순욱은 의자에서 벌떡 일어났다. 그 바람에 깜짝 놀란 명옥이도 잠에서 깼다.

"건강한 아들입니다. 산모도 괜찮으니 걱정하지 마십시오."

"명옥아, 동생이랜. 명옥이 동생. 엄마가 명옥이 동생을 낳았져."

"동생? 나 이제 언니야?"

"아니. 누나여. 남자 동생이랜."

"난 언니가 더 좋은디."

명옥이 입을 삐죽거렸다. 순욱은 그런 명옥이가 귀여워 볼을 살짝 꼬집었다. 순욱은 명옥이를 보며 오빠를 생각했다.

'오라방, 어디서 뭘 하고 이수광? 오라방 아들이 태어난 마씸.'

조카가 태어나 기쁘기도 했지만, 벌써 몇 달째 소식도 없는 오빠 걱정에 한숨이 나왔다. 부대에 갔던 상길이 마침 병원에

도착했다. 순욱이 상길에게 달려갔다.

"언니가 아들을 낳았댄 마씸."

"네? 정말요? 누님도 괜찮으신 거죠?"

"네. 고마워에. 상길 씨!"

상길의 얼굴 가득 미소가 번졌다. 상길이 순욱의 손을 꼭 잡았다. 상길은 마치 가족이 생긴 기분이었다. 아는 사람이라곤 아무도 없는 제주에서 기쁜 일에 함께 웃을 수 있는 사람이 생겨 무엇보다 행복했다. 하지만 늘 자신을 따라다니는 불안한 생각을 떨쳐버릴 수 없어 온전히 기뻐할 수만은 없었다. 혹시 순욱이나 진숙이 기욱과 연락하고 있는 것이면 어쩌나 하는 마음이었다. 아들이 태어났다는 소식을 듣고 집에 오면, 집에 와서 자신과 마주하게 되면 어찌해야 하는 것일까? 자신의 손으로 기욱을 체포해야 하는 것인가? 상길은 고개를 가로저었다. 혹시 그런 일이 닥친다고 해도 나중에 생각하고 싶었다. 지금은 순욱과 함께 기뻐하고 싶었다.

진숙은 사흘 만에 집에 돌아왔다.

"문 중위님, 고맙수다. 문 중위님 아니어시민⋯."

상길의 배려로 병원에서 집까지 차를 타고 왔다. 진숙은 늘 가족처럼 챙겨주는 상길이 고마웠다.

"누님, 그런 말씀 마세요. 저 올 때마다 맛있는 밥 해주시잖아요."

상길은 너스레를 떨며 웃었다. 상길이 말을 이었다.

"게다가 이 녀석 잘생긴 거 보니까 앞으로는 좋은 일만 있겠습니다."

말은 그렇게 했지만, 상길은 불안한 마음이 컸다. 구석에 몰리면 쥐도 고양이를 무는 법이다. 제주도 주민들은 더는 갈 곳이 없는 상태로 몰리고 있었다. 그 어느 때보다 추운 겨울이 다가오고 있었다.

"순욱 씨, 제가 며칠 월정 쪽 수색을 맡아 다녀와야 할 듯합니다. 손 하사에게 자주 들르라고 했으니 별일 없을 겁니다. 누님 잘 살펴주세요. 순욱 씨도 몸조심하시고요."

월정리는 순욱이 사는 금악마을에서 먼 동쪽에 있다. 며칠 동안 상길을 못 본다는 생각에 순욱은 시무룩해졌다. 순욱은 자기와 진숙을 잘 챙겨주는 상길이 고마웠다. 언제부턴가 상길에게 기대는 마음이 커졌다. 은행이 다시 문을 열었지만 돌아가지 못하는 까닭 중 하나였다. 물론 가장 큰 까닭은 오빠였다. 오빠가 어디 있는지, 살았는지 죽었는지도 모른 채 돌아갈 수 없었다. 게다가 오빠가 올 때까지 진숙을 돌봐야했다. 마음 한 켠에는 오빠가 돌아오고 나면 상길을 더 이상 만날 수 없는 건 아닌가 하는 생각이 들었다. 상길이 가고 난 후 순욱은 한참 동안 마루에 앉아 있었다.

아기는 잘 먹고 잘 잤다. 명옥이는 동생이 예쁜지 볼을 자꾸만 만졌다. 진숙은 남편이 돌아오면 이름을 지어야 한다고 했지만, 순욱은 자꾸 이름을 불러줘야 잘 큰다며 이름을 짓자고 했다. 이름을 널리 알리며 오래 살라는 뜻으로 이름 '명', 목숨 '수' 자를 써서 명수라고 짓기로 했다.

'여보, 명수가 태어나수다. 우리 아들 마씸.'

진숙은 기욱이 돌아오기를 간절히 바랐다. 어디서든 꼭 살아있기를, 살아서 명수를 품에 안아보기를 바랐다.

월정리 일대 수색 마지막 날이었다. 크고 작은 자연 동굴이 많은 곳이었다. 남로당원들이 숨어있을 것으로 예상되었다.

"저항하지 않으면 총은 쏘지 마라. 가능하면 생포하도록!"

상길은 부하들에게 그렇게 명령했다. 산 쪽으로 갈수록 길은 험하고 집은 거의 없었다. 바닷가 마을도 형편이 좋은 건 아니었지만 중산간 마을은 더 살기 힘들었다. 겨우 바람만 막는 집들이었다. 상길의 중대는 작은 마을을 지났다. 모두 집을 비우고 어딘가로 숨었는지 사람이 없었다. 마을을 지나쳐 숲으로 들어가려 할 때였다. 뒤쪽에서 부스럭거리는 소리가 들렸다. 상길은 오른손을 들어 주먹을 쥐었다. 중대원 모두 제자리에 멈췄다. 상길이 손짓으로 뒤를 가리켰다. 상길은 세 방향에서 소리가 난 쪽을 포위하도록 명령했다. 천천히 걸음을 옮기던 병사 하나가 마른 나뭇가지를 향해 총을 겨눴다.

"꼼짝 마!"

다른 병사들도 총을 겨눴다. 총구가 한 방향을 향했다. 몇 명은 뒤로 돌아 주변을 경계했다. 다른 곳에 누가 있을지도 모르는 일이었다. 잠시 후 나뭇가지를 헤치자 열서너 살쯤으로 보이는 사내아이가 모습을 드러냈다.

"너 왜 여기 숨어있어?"

"자… 잘… 못해수다. 제발 살… 려줍서."

아이는 겁에 질려 떨고 있었다. 말도 더듬었다. 고개도 들지 못하고 두 손을 비비며 빌었다. 상길은 아이 모습을 보자 안쓰러운 마음이 들었다. 왜 아이 혼자 여기 남겨진 것인지 궁금했다.

"널 해치려는 게 아니야. 왜 여기 이러고 있는지 말해 봐. 그래야 널 도와줄 수 있어."

상길이 주머니에서 초콜릿 조각을 꺼내 아이에게 내밀었다. 아이는 그제야 고개를 들어 상길을 쳐다봤다. 아이는 여전히 겁에 질려있었다. 아직 군인들의 총이 아이를 향하고 있었다. 상길이 눈치채고 부하들에게 총을 내리라고 손짓했다. 아이가 천천히 오른손을 들더니 마을을 가리켰다.

"마을? 마을이 왜?"

아이는 말없이 흐느껴 울었다. 상길은 부하 몇 명을 시켜 마을을 다시 수색하게 했다. 잠시 후, 상길을 부르는 소리가 들렸다.

"중대장님, 여기 와 보셔야겠습니다."

상길이 서둘러 마을 쪽으로 향했다. 빈집만 있어 그냥 지나쳐 보지 못했는데 마을 뒤쪽에 작은 공터가 있었다. 큰 나무로 둘러싸여 보이지 않았다. 나무를 지나 들어가니 역한 냄새가 났다. 그곳엔 시체가 쌓여있었다. 모두 죽창에 찔려 죽은 것으로 보였다.

"누가 그랬니? 너 혼자 남은 거야?"

상길이 아이에게 달려가 물었다. 아이는 고개를 가로젓더니 이내 다시 끄덕였다. 누가 그랬는지 모르겠고, 혼자 남았다는 것이었다. 누가 그랬든 사람을 저렇게 죽이면 안 되는 것이었다. 이 작은 마을에 사는 사람들이 무슨 잘못을 했다고 죽어야 하는 걸까? 상길은 어지럼증을 느꼈다. 지금 이 섬에서 무슨 일이 일어나고 있는 것일까? 총 한 자루, 죽창 하나 들지 않는 저들이 무슨 짓을 했다고 죽어야 하는 걸까?

상길은 문득 순욱이 잘 지내는지 걱정되었다. 자신이 없는 사이 무슨 일이 생긴 것은 아닐지 걱정이었다. 하지만 시신을 두고 그냥 갈 수는 없었다. 상길은 수색을 중지하고 시신을 수습하라고 명령했다. 아이가 달려와 한 여인의 가슴에 얼굴을 파묻었다. 어머니인 모양이었다. 중대원들은 시신을 수습하다 말고 그 모습을 멍하니 쳐다봤다.

"전부 다 밖으로 나오라우! 안 나오면 집을 불 질러 버리갔어."

며칠 조용하던 마을이 벌집을 쑤셔놓은 듯했다. 죽창을 든 사내들이 집마다 돌면서 사람들을 끌어내고 있었다.

"모두 국민학교 운동장으로 모이라우!"

사내들은 어른, 아이 가리지 않고 사람들을 끌어냈다. 국민학교 교문에는 장동춘이 팔짱을 끼고 서 있었다. 마을 사람들은 영문도 모른 채 운동장으로 끌려갔다.

진숙의 집에도 사내들이 들이닥쳤다. 진숙과 아이들을 끌어내려던 사내가 부엌에서 나오는 순욱을 보고 멈칫했다. 문밖에 있던 다른 사내에게 눈짓했다. 사내는 밖에 나갔다가 금세 다시 뛰어왔다.

"형님, 대장님이 이 집은 그냥 두랍니다."

"에이 씨! 그놈의 경비대 새끼 언젠가 내 손으로 죽여 버리고 말가서."

사내들은 도망치듯 집에서 나갔다.

"언니, 괜찮우꽈?"

순욱이 방문 앞에 있는 진숙에게 물었다.

"네. 괜찮아 마씸. 아가씨, 무슨 일일까에? 밖이 이렇게 시끄러운 걸 보니 무신 일이 난 거 아니우꽈?"

"언니, 나가 강(가서) 보고 오쿠다(올게요)."

"안 돼 마씸. 위험허여. 절대 나가지 맙서. 문 중위님이 집 안에 있으라고 했잖아 마씸."

그때였다. 십여 미터 떨어진 집에서 불길이 일어났다. 정말로 집에 불을 지르는 모양이었다.

"언니, 명옥이 명수랑 방에 들어강 이십서. 절대로 나오지 말곡."

순욱은 신발까지 방 안에 던져 넣었다.

"무슨 일인지만 보고 오젠 마씸. 저놈들이 행패를 부리면 상길 씨에게 알려야 되쥬."

"아가씨, 가지 맙서. 아가씨!"

순욱은 진숙의 말을 듣지도 않고 집을 나섰다.

순욱은 학교 뒷담을 넘어 건물 뒤에 숨었다. 국민학교 운동장에는 마을 사람 대부분이 모여 있었다. 장동춘이 연단에 올랐다.

"지금 산속에 빨갱이들이 숨어있다. 우리는 자유민주주의를 위해 불철주야 애쓰고 있는데 공산주의 사상에 물든 빨갱이들이 설쳐대고 있단 말이다. 너희들이 산에 숨어있는 놈들에게 먹을 것과 입을 것을 가져다주고 있다는 사실을 다 알고 있다. 빨갱이들에게 먹을 것과 입을 것을 준 적이 있는 자는 앞으로 나와라. 사실대로 말하면 다른 사람들은 집에 보내주겠다."

운동장에 모인 마을 사람들은 서로 얼굴만 쳐다볼 뿐 나서는 사람이 없었다. 그도 그럴 것이 늘 먹을 것이 부족한 마을에서 어느 집에 남는 양식이 있어 산에 가져다준단 말인가? 설령 그랬다고 해도 나설 용기가 없었다. 죽창과 몽둥이를 든 사내들이 운동장을 빙 둘러 서 있었다.

"이봅서. 순사 양반, 우린 그런 거 몰라 마씸."

마을에서 제일 어른인 창식이 할아버지가 일어서더니 장동춘을 향해 말했다. 장동춘이 경찰 옷을 입고 있어 경찰인 줄 안 모양이었다.

"이 노인네가! 모르긴 뭘 몰라!"

운동장에 있던 사내가 할아버지의 허벅지를 몽둥이로 후려쳤다. 할아버지는 그 자리에서 무릎을 꿇고 쓰러졌다. 그 모습을 본 사람들이 웅성대기 시작했다.

"말로 해서는 안 나오겠다, 이건가?"

장동춘이 눈짓을 하자 몽둥이를 든 사내들이 마을 사람들에게 달려들었다. 인정사정없이 몽둥이를 휘둘렀다. 어떤 사람은 머리를 맞아 피를 흘렸다. 아이 엄마는 아이가 맞을까 봐 얼른 아이를 품에 안고 엎드렸다. 엄마의 등 위로 몽둥이가 떨어졌다. 억! 소리를 내며 엄마가 기절했다. 아이가 엄마 품속에서 숨이 막히는지 캑캑거렸다.

순욱은 온몸이 떨렸다. 숨소리도 거칠어졌다. 마음으로는 당장에라도 장동춘의 멱살을 잡고 싶었다. 그러나 순욱은 두려웠다. 장동춘과 마주할 용기가 나지 않았다.

그때, 사내 둘이 머리에서 피를 흘리는 남자를 질질 끌고 나타났다. 장동춘 앞에 그 남자를 던졌다. 그 모습을 본 사내들이 매질을 멈췄다. 학교 운동장은 울음소리로 가득 찼다. 남자는 얼마나 맞았는지 온몸이 퉁퉁 부어있었다. 어깨에 망태기를 멘 것을 보니 산에 약초를 캐러 다녀오는 사람인 듯했다.

"이놈이 산에서 내려오는 걸 잡아 왔습니다."

"약초 캐러 다녀왔다고 하는데 아무래도 수상합니다."

장동춘은 쓰러진 사내의 머리끄덩이를 잡고 상체를 일으켜 세웠다.

"여기 봐라. 이놈이 바로 너희들이 빨갱이들에게 먹을 것을 가져다준다는 증거다."

순욱은 주먹을 꽉 쥐었다. 억지도 이런 억지가 없었다. 산에 사는 사람이 약초 캐러 가는 것이 어찌 산에 숨어있는 사람들을 만나고 다닌다는 증거란 말인가?

"누가 이놈에게 심부름을 시킨 것인지 말해라. 말 안 하면 이놈은 죽는다."

장동춘이 몽둥이로 사내를 내려쳤다. 억! 소리와 함께 몸이 튀어 올랐다. 아무도 나서는 사람이 없었다. 누구도 심부름을 시키지 않았으니 나서지 않는 것이었다. 장동춘이 다시 몽둥이를 하늘 높이 들어 올렸다. 순욱은 더는 보고 있을 수 없었다. 학교 담을 넘어 밖으로 나왔다. 학교 옆에 있는 집으로 들어갔다. 마침 자전거가 있었다. 어려서 아버지에게 자전거 타는 법을 배운 것이 다행이었다. 순욱은 바다 쪽을 향해 달렸다. 경비대로 가야 했다. 상길에게, 상길이 없으면 손 하사에게, 그것도 안 되면 아무 군인에게나 이 사실을 알려야 했다. 그냥 두면 마을 사람들 다 죽을지도 몰랐다.

순욱은 미친 듯이 달렸다. 멀리 비양도로 해가 넘어가고 있었다.

"빵빵! 빵빵!"

군용 트럭이 순욱의 뒤에서 경적을 울렸다. 하지만 순욱은 정신없이 자전거 페달만 밟았다. 트럭이 순욱을 앞질러 가더니 멈췄다. 조수석에서 상길이 내리더니 순욱이 타고 있는 자전거 앞을 가로막았다.

"순욱 씨, 어디 가요?"

그제야 순욱은 자전거를 멈추고 멍하니 상길을 바라봤다. 아무 말도 없이 그렇게 서 있었다.

"순욱 씨, 무슨 일이에요? 네?"

순욱은 자기가 오던 길을 가리켰다.

"사람들이…, 다 죽을 거 같아 마씸. 서청이…. 그놈들이 사람들을…, 모아놓고 마구 때리고 있수다."

순욱의 눈에서 눈물이 주르륵 흘렀다. 무서워서, 상길이 나타난 것이 꿈만 같아서, 마을 사람들이 걱정되어서. 상길은 순욱을 앞자리에 태우고 트럭을 돌렸다.

"혹시 모르니 모두 실탄 장전하도록!"

"네!"

상길의 명령에 군인들이 짧게 대답했다. 트럭 전조등이 마을 쪽을 향했다.

남겨진 신발 한 짝

상길은 장동춘과 부하들을 경찰에 넘겼다. 마을 사람 중 많은 수가 다쳤다. 경비대가 운동장에 도착했지만 장동춘 일당은 겁을 먹기는커녕 당당하기만 했다. 오히려 군인들을 본 마을 사람들만 벌벌 떨었다.

약초 캐러 산에 다녀오다 붙잡혀 온 사내는 결국 숨을 거두고 말았다. 상길은 장동춘을 살인죄로 처벌해 달라고 경찰에 이야기했다. 김익렬에게도 보고했다. 김익렬도 경찰서장을 만나 이야기했다. 그러나 장동춘은 아무런 처벌을 받지 않았다. 공산주의자를 조사하다 우발적으로 벌어진 일이라는 게 그 까닭이었다. 대신 함께 있었던 부하 중 여덟 명을 국방경비대에 입대시켰다. 월급도 없이 약탈해서 먹고 살던 그들에게 입대는 벌이 아니라 오히려 상이었다.

"연대장님, 이건 말이 안 됩니다. 사람을 그렇게 때려서 죽였는데 그냥 풀려나다니요."

"……."

김익렬은 깊은 한숨만 내쉴 뿐 말이 없었다.

"그놈이 풀려나면 제주에 피바람이 불 겁니다. 이건 경찰이 그놈에게 사람들을 죽여도 된다고 말하는 것이나 다름없습니다. 그놈이 빨갱이라고 하면 죽여도 된다는 것 아닙니까?"

"조병옥!"

김익렬의 입에서 탄성처럼 한마디가 나왔다.

"네?"

"이게 다 조병옥 때문일세. 응원 경찰이니 뭐니 하면서 깡패들을 이 섬에 풀어놓았어. 독이 오를 대로 오른 사냥개들을 풀어놓았으니 이제 어떻게 해야 할지…."

사냥개는 주인 이외에는 두려운 것이 없었다. 장동춘과 그 부하들은 경비대 군인을 보고도 전혀 두려워하지 않았다. 오히려 비웃었다. 문상길은 어깨에 힘주고 다니며 온갖 나쁜 짓을 일삼는 장동춘 일당을 그대로 두면 안 된다고 생각했다. 자신은 인민을 보호하는 군인이었다. 문상길은 그동안 참았던 말을 꺼냈다.

"연대장님, 발포할 수 있게 허락해주십시오!"

문상길이 허리춤에 찬 총에 손을 가져가며 말했다. 장동춘 일당이 지금처럼 설치고 다니게 둘 수는 없었다. 또 그런 짓을 한다면 방법은 하나뿐이었다. 경비대가 나타나도 두려워하지 않는 그들. 문상길은 총을 쏴서라도 그들을 막아야 한다고 생각했다.

"그건 안 되네. 경비대와 경찰 사이에 갈등만……."

"그럼 이대로 사람들을 죽게 놔두자는 말씀입니까? 그런 짓을 더는 못하게 막아야 할 것 아닙니까?"

문상길이 이를 악물었다. 며칠 전 산에서 만났던 아이가 떠올랐다. 한순간에 부모를 잃고 혼자가 된 아이. 그 아이를 그렇게 만든 자들을 용서할 수가 없었다. 죄 없는 사람들을 죽이고도 뻔뻔하게 고개 들고 다니는 장동춘 일당을 생각하자 참을 수 없는 분노가 치밀었다.

"이보게, 문 중위! 우린 군인일세. 분한 마음은 알지만……."

김익렬이 말을 잇지 못했다. 문상길이 털썩 주저앉았다. 문상길의 눈에서 뜨거운 눈물이 흘러내렸다. 되찾은 나라를 지키려고 군인이 되었다. 그러나 지금 자신의 모습은 그렇지 못했다. 인민을 보호하고 나라를 지키는 군인이 되고 싶었다. 그러나 지금 그는 인민을 괴롭히는 자들을 보고도 아무것도 할 수 없었다.

김익렬이 문상길 어깨에 손을 올렸다.

"문 중위, 자네 마음은 나도 알아. 하지만……."

"연대장님!"

문상길이 고개를 들어 김익렬을 쳐다봤다. 부하를 바라보는 김익렬의 눈시울도 붉어졌다.

연대장 명령으로 다음 날부터 경비대에서는 장동춘 일당을 비롯한 서북청년단을 감시할 병력을 늘렸다. 지금 경비대가 주민을 보호할 방법은 이것뿐이었다. 서북청년단의 약탈은 여전히 계속되고 있었다. 그렇게 해를 넘겨 새해가 밝았다. 전혀 희망차지 않은 새해였다.

"누나, 누나!"

누군가 밖에서 부르는 소리가 들렸다. '누나'라는 말에 명수에게 젖을 먹이고 있던 진숙은 벌떡 일어섰다. 귀에 익은 목소리였다. 젖꼭지를 물고 있던 명수가 울음을 터트렸다. 방문을 열고 밖으로 나간 진숙은 문 앞에 서 있는 청년을 보고 깜짝 놀랐다. 옷은 여기저기 찢겨 있고, 서 있는 것도 힘에 겨워 비틀거리는 아이가 있었다. 시집온 후 처음 보는 동생이었다.

"진수야!"

"누나!"

진숙은 맨발로 내려와 동생 손을 잡았다. 진수 몸이 바람에 휘청거렸다. 진숙이 쓰려지려는 진수를 끌어안았다. 진수는 꽁꽁 얼어있었다. 누나 품에 안긴 진수가 참고 있었던 울음을 토해냈다. 진숙은 말없이 동생의 등을 쓸어주었다. 진수는 한참을 그렇게 울었다.

"진수야, 어떵 된 거? 어떵 너 혼자 여기 완?"

진숙이 울음을 그친 진수에게 물었다. 진수는 힘없이 바닥에 주저앉았다.

"아방, 어멍!"

진수 얼굴이 눈물과 콧물로 범벅이 되었다. 진수 몸이 바르르 떨렸다.

"아가씨, 여기 좀 도와줍서."

진숙의 말에 순욱이 달려와 진수를 부축했다. 두 사람은 진수를 방으로 데리고 들어와 눕혔다. 진숙이 진수에게 이불을 덮어주었다. 진수는 이불 속에서 몸을 동그랗게 말았다. 동그란 몸에서 꺽꺽 울음이 새어나왔다. 진숙은 동생이 안쓰러워 연신 등을 쓸어주었다. 도대체 어린 동생에게 무슨 일이 있었단 말인가? 가슴이 미어졌다.

"누나, 아방이랑 어멍이…."

방으로 들어와 이불 속에 앉아 몸을 녹인 진수가 입을 열었다. 진수의 말에 진숙은 말문이 막혔다. 아버지, 어머니가 돌아가셨다는 이야기를 이렇게 들을 줄은 몰랐다. 모슬포에 있는 진숙의 친정 마을에도 서북청년단이 들이닥쳐 마을을 불태우고 사람들을 끌어내 때렸다. 아버지가 진수는 살려야 한다면서 부엌 장작더미 뒤에 숨으라고 하고 서북청년단을 따라 나갔다.

"여기서 꼼짝 말고 있어야 한다. 알암시냐? 혹시 아방, 어멍에게 무신 일이 생기면 꼭 네 누이 찾아가라이."

장작더미 사이로 끌려가는 아버지, 어머니 모습이 보였다. 군복 입은 사람들이 넘어진 어머니를 질질 끌고 갔다. 진수는 끌려가는 어머니와 눈이 마주쳤다. 어머니가 장작더미를 보며 눈물을 흘렸다. 아버지가 넘어진 어머니를 일으켜 세우려고 했다. 이내 아버지 등에 몽둥이가 날아들었다. 아버지는 '억!' 소리를 내며 고꾸라졌다. 진수는 무서워서 온몸이 바들바들 떨렸다.

마을 전체가 전쟁터나 다름없었다. 도망치다가 맞아 죽고, 안 나가려고 버티다가 집 안에서 불타 죽은 사람도 있었다. 진수의 이야기를 듣던 순욱이 몸을 부르르 떨며 주먹으로 방바닥을 내리쳤다.

"이런 개만도 못헌 인간들!"

"누나, 난 무서웡 숨어만 있언. 아방, 어멍 구하지도 못허고…."

진수가 무릎 사이에 얼굴을 파묻고 울기 시작했다.

"진수야, 니 잘못 아니여. 니가 잘못행 그런 거 아니. 그놈들이 나쁜 놈들이라. 넌 잘못 없져."

"아방! 어멍!"

진수를 달래던 진숙도 아버지, 어머니를 부르며 울었다. 명옥은 그런 엄마를 빤히 쳐다보고 있었다. 두 사람을 보는 순욱은 묘한 감정이 들었다. 한순간에 부모를 잃은 오누이가 안쓰러웠다. 하지만 함께 있는 오누이를 보니 오빠가 더욱 걱정되었다. 오빠가 하루빨리 집에 돌아오길 바랐다.

진숙과 진수의 슬픔을 아는지 모르는지 시간은 빨리 지나갔다. 진수가 온 지도 보름이 넘었다. 진수는 마당에서 놀고 있는 명옥이를 멍하니 바라보며 마루에 앉아있었다. 상길이 집으로 들어서며 순욱을 불렀다.

"순욱 씨!"

마당으로 들어서는 상길을 보고 진수가 벌떡 일어섰다. 진수는 얼음처럼 그 자리에 굳어버렸다. 모슬포에서 있었던 일이 떠올랐다. 부엌에서 나오던 진숙이 진수와 상길을 번갈아 봤다.

"서북청년단?"

"이 사람 뭡니까?"

진수와 상길이 서로를 가리키며 동시에 말했다.

"문 중위님, 놀라지 맙서. 제 동생이우다. 진수야, 괜찮아. 이분은 문 중위님이여. 좋은 분이라."

하지만 진수는 두려웠다. 어머니, 아버지를 끌고 가 죽인 사람들도 군복을 입고 있었다. 진수는 상길이 서북청년단이라고 생각했다. 그런 진수의 마음을 알았는지 진숙이 한 번 더 말했다.

"걱정 말라. 좋은 분이여. 이분은 국방경비대 군인이라."

"군인이나 서청이나 다 거기서 거기라. 군인을 어떻게 믿어?"

진수가 작은 목소리지만 화난 표정으로 누나에게 말했다.

"그런 거 아니라게. 문 중위님은 정말 좋은 분이라. 문 중위님이 살펴주시는 덕분에 우리가 이렇게 잘 지내는 거."

"아저씨, 진짜 군인 맞아 마씸?"

진수가 불쑥 상길에게 물었다. 순욱과 이야기 나누던 상길이 돌아봤다.

"어? 그럼. 군인 맞지."

"그런데 군인이 무사 한가허게 여기서 이러고 이수광?"

"어? 그…, 그게 말이지."

상길이 대답을 못 하고 얼버무렸다.

"우리 누나 감시하라고 누가 시켜수광?"

"진수야!"

진숙이 진수 옷을 잡아당기며 말렸다. 진숙은 상길의 눈치를 살폈다.

"그런 거 아니야. 내가 왜 여기 오느냐면 말이지…."

상길은 여전히 머뭇거리며 대답을 못 했다.

"거봅서. 대답도 못 하잖아 마씸. 우리 누나 괴롭히면 내가 가만 안 둘 거우다에. 아저씨 빨리 갑서. 우리 누나 집에서 나갑서."

"진수야, 너 무사 영 허맨? 문 중위님은 말이야……."

진숙이 상길과 순욱 눈치를 보며 말했다. 진숙은 상길이 왜 오는지 알고 있었다. 하지만 그걸 모르는 진수가 의심할 만도 했다.

"누님, 순욱 씨, 오늘은 이만 가보겠습니다."

상길이 자리에서 일어났다. 집을 나서다 뒤를 돌아 진수를 보더니 입을 열었다.

"누님과 순욱 씨 잘 부탁해. 네가 있어서 내 마음이 좀 놓인다. 그리고 정말 감시하러 온 거 아니니까 날 믿어. 알겠지?"

순욱이 대문 밖까지 상길을 따라 나왔다.

"상길 씨, 미안해 마씸. 명옥이 삼춘이 아직 어려 마씸."

"괜찮아요. 그럴 수 있죠. 그런데 왜 누나 집에?"

상길은 진수가 갑자기 누나 집에 온 것이 이상했다. 순욱은 진수에게 들은 이야기를 해주었다. 이야기를 다 듣고 난 상길이 한숨을 내쉬었다. 서북청년단의 패악질이 점점 심해졌다.

지난해 학교 운동장 일 이후로 마을에 서북청년단은 오지 않았다. 상길은 며칠에 한 번씩은 꼭 집에 들러 진숙과 순욱이 잘 지내는지 살폈다.

진수는 시간이 흐르며 누나 집에서 잘 적응하는 듯 보였다. 낮이면 밭에 나가 누나를 도왔다. 지난가을 씨를 뿌린 유채가

추운 겨울을 견디고 새순을 틔웠다. 진수는 누나와 함께 유채밭에 나가 풀을 뽑았다. 진수가 일어서더니 한참 동안 먼 곳을 바라보았다. 가만히 서 있던 진수가 갑자기 울음을 토해냈다. 마치 짐승이 우는 소리 같았다. 깜짝 놀란 진숙이 진수에게 달려갔다.

"진수야, 무사? 무신 일 이서?"

진수는 누나를 쳐다봤다. 굵은 눈물이 뚝뚝 떨어졌다. 한참을 울던 진수가 입을 열었다.

"꽝꽝 언 땅속에서도 죽지 안행 유채는 살아 이서. 유채는 살앙 이렇게 꽃도 피우는디……. 어멍, 아방은…. 난 어멍, 아방 끌려가는 거 봐도……."

진수가 다시 어깨를 들썩이며 울었다. 진숙은 그런 동생을 꼭 안아주었다. 어머니, 아버지를 생각하면 자신도 울고 싶었다. 하지만 자신마저 약해지면 안 될 일이었다. 이를 악물고 슬픔을 꾹꾹 눌렀다.

"진수야, 니 잘못 아니여. 정말 니는 아무 잘못 어서(없어.)."

"아방이 그랬져. 유채는 추운 겨울을 땅속에서 견디고 이렇게 꽃을 피운다고. 우리도 언젠가는 나라도 되찾고 이렇게 꽃 피우는 날이 있을 거라고. 그런데 이게 뭐야. 아방, 어멍은……."

진수가 말을 마치지 못하고 다시 눈물을 흘렸다. 노란 유채

밭 가운데에서 오누이는 그렇게 한참이나 울었다.

진수는 그날 이후, 잘 지내는 듯 하다가도 갑자기 어린아이가 열 경기 하듯 온몸을 부르르 떨며 울곤 했다. 진숙은 그런 진수가 너무 안쓰러웠다. 부모를 잃은 큰 슬픔을 감당하기에 진수는 아직 어렸다. 진수가 그럴 때마다 꼭 무슨 일이 닥칠 것만 같았다.

어느새 명수가 태어난 지 백일이 되었다. 섬사람들 모두가 그렇듯이 떡을 할 형편이 못되었다. 진숙은 숨겨두었던 쌀을 한 줌 꺼내 밥을 지었다. 보리가 섞이지 않은 하얀 쌀밥이었다. 쌀밥 한 그릇 놓고 명수 백일을 축하했다. 밥알을 으깨어 명수 입에 넣어주니 오물거리며 씹었다. 그 모습을 바라보는 네 식구가 오래간만에 웃었다. 어린아이가 있어야 집안에 웃을 일이 있다고 하던데 참말인 것 같았다.

"순욱 씨, 누님! 안에 계세요?"

밖에서 상길의 목소리가 들렸다.

"오늘 명수 백일이잖아요."

상길의 손에는 하얀 백설기가 들려있었다. 이젠 진수도 상길에 대한 의심이 조금은 풀렸다. 하지만 온전히 믿지는 않았다. 상길이 그런 진수 손에 떡을 쥐여주었다.

"먹어. 여기 뭐 탔을까 봐 안 먹는거야? 자, 내가 먼저 먹을게."

95

상길은 떡을 한입 베어 물었다.

"이거 봐. 멀쩡하지? 안심하고 얼른 먹어."

진수는 마지못해 떡을 받았다. 상길이 진수 어깨를 토닥였다. 진수는 상길의 손을 뿌리치고 돌아앉았다. 상길이 무안한지 허허 웃었다. 진숙이 동생에게 눈치를 주며 상길에게 미안하다는 듯 고개를 숙였다.

"누님, 괜찮습니다."

상길이 껄껄 웃었다. 상길과 진숙의 식구들은 명수 재롱을 보며 떡을 나누어 먹었다.

"안에 계시오!"

그때 밖에서 부르는 소리가 들렸다. 진숙이 자리에서 일어나려고 하자 진수가 누나 손을 잡았다. 제가 나가겠다는 것이다. 누나와 조카들을 지켜야겠다는 눈빛이었다. 그런 동생이 대견스러워 진숙은 웃었다.

진수가 밖으로 나왔다. 경찰이 서 있었다.

"무슨 일이우꽈?"

"여기가 양기욱이 집 맞습니까?"

그 소리에 진숙과 순욱이 밖으로 뛰어나왔다. 상길도 따라 나왔다.

"우리 남편을 찾안 마씸? 지금 어디 이수광?"

경찰은 큼큼 헛기침만 할 뿐 답이 없었다.

"혹시 우리 오라방 경찰서에 이수광? 우리 오라방은 잘못 어시난(없으니) 풀어줍서게."

경찰은 말없이 종이 한 장을 내밀었다. 진수가 그것을 받아 들었다.

"내일 정오까지 경찰서로 오시오."

그 말을 남기고 경찰은 가버렸다. 종이에는 '사망 통지'라는 네 글자가 있었다. 그 아래는 '양기욱'이라는 이름이 선명하게 적혀 있었다. 진수 손에 있던 종이를 뺏어 든 진숙은 종이에 적힌 네 글자와 남편 이름을 보고 또 봤다. 뭔가 다른 글자를 잘못 본 것은 아닌지, 지금 나쁜 꿈을 꾸고 있는 것은 아닌지 생각했다. 그러나 꿈이 아니었다. 종이에는 남편 이름과 사망이라는 글자가 선명했다. 잠시 다녀오겠다던 남편이 이렇게 돌아왔다. 그렇게 바라던 아들이 태어났는데 아이가 태어난 것도 모르고, 얼굴 한 번 보지 못하고 기욱은 이렇게 종이 한 장으로 집에 돌아왔다.

진숙은 제 가슴을 쥐어뜯었다. 순욱과 상길이 옆에서 말렸지만 진숙의 눈물은 멈추지 않았다. 울다가 그대로 마당에서 혼절했다. 진수가 누나를 업어 방에 눕혔다. 진숙은 누워서도 울기만 했다. 명수는 쌀밥을 손에 쥐고 오물오물 씹었다. 밥알이 여기저기 흩어져 방 안에 눈이 내린 것 같았다.

다음 날, 진숙은 상길과 함께 경찰서에 갔다. 경찰은 시신을 내어줄 테니 데리고 가라고만 했다. 상길이 경찰에게 어떻게 된 일인지 물었지만, 경찰은 대답해주지 않았다.

"사람이 죽었는데 어떻게, 왜 죽었는지 모른다는 게 말이 됩니까?"

"이 사람이 여기가 어디라고 소란이야! 당장 나가시오."

경찰이 상길을 밀어냈다. 상길은 밀려나면서도 소리쳤다.

"서장님을 만나게 해주시오. 나는 국방경비대 9연대 문상길 중위요."

하지만, 경찰들은 대꾸도 없이 상길을 문밖으로 밀어내고 문을 닫아버렸다. 상길이 경찰서 문을 두드렸지만 굳게 닫힌 문은 열릴 줄 몰랐다. 상길과 진숙의 가족은 눈물로 발길을 돌려야했다.

마을 사람들 도움으로 남편을 산에 묻었다. 언 땅을 파고 남편을 묻었다. 땅속에 차디차게 식어버린 남편을 눕히고 흙을 덮었다. 남편은 반듯하게 누워있었다. 마치 깊은 잠을 자고 있는 것 같았다. 금방이라도 크게 기지개를 켜며 일어날 것만 같았다. 진숙이 맨손으로 남편 몸을 덮은 흙을 걷어냈다. 언 땅을 걷어내느라 손가락에서 피가 났다. 상길과 진수가 그런 진숙을 말렸다. 두 사람의 눈에도 뜨거운 눈물이 흘렀다. 명옥이는 엄마가 우니 따라 울었다. 아무것도 모르는 명수는 순욱에게 안겨 잠들어 있었다.

상길은 기욱의 장례를 치르는 내내 묵묵히 곁을 지켰다. 차디찬 흙 속에 있는 남편을 생각하면 진숙은 북받치는 슬픔을 주체할 수가 없었다. 진숙은 김봉연을 떠올렸다. 인민위원회니 뭐니 하며 남편을 데리고 다니던 김봉연이 원망스러웠다. 남편이 죽은 것이 김봉연 잘못인 것만 같았다. 김봉연은 아직 잡히지 않은 모양이었다. 그럼 분명 어딘가 살아있다는 말이다. 그래서 더욱 원망스러웠다.

진숙은 그날 이후 밤이면 남편의 편지를 꺼내 보며 울었다. 남편을 만지듯 한 글자 한 글자 손으로 매만졌다. 그렇게 눈물 속에서 두 달이 흘렀다.

"너 자꾸 밤마다 어디 가는 거?"

저녁 밥상을 물리고 한참 지난 시간이었다. 진수가 나갈 채비를 했다. 진숙은 두려웠다. 일 년 전 남편 모습을 보는 것만 같았다.

"누나, 나 시인 될 거여. 친구들이랑 문학회 만들언. 오늘 영식이네에서 모이기로 해신디, 이육사 시 읽을 거."

진수는 들떠서 말했다. 진숙은 이육사가 누군지 몰랐다. 그저 스스로 공부한다니 기특한 일이었다. 무엇보다 멍하니 앉아 있다가 갑자기 우는 일이 줄어들어 다행이었다. 친구들과 함께 시 공부하면서 마음을 잡아가는 것 같았다. 진수가 마음

붙일 곳이 생겨서 다행이었다. 하지만 괜한 오해를 사면 어쩌
나 걱정이었다. 진수마저 잘못되면 제정신으로 살아갈 자신이
없었다.

"진수야, 시는 집에서 혼자 읽어도 되지 안해."

"누나, 우리 나쁜 짓 안해. 그냥 시만 읽을거라."

진수는 누나가 걱정하는 것이 무엇인지 알고 있었다. 시를
읽다 보면 답답했던 마음이 조금은 뚫리는 것 같았다. 동무들
과 함께 이야기를 나누면 더 좋았다.

"진수야, 누나는 너까지 잘못되카보댄 걱정됨서. 안 가면 안
될거?"

"누나, 걱정 허지 마. 시 읽는 게 잘못이면 숨 쉬는 것도 잘못
이게 마씸? 너무 늦지 않게 오크라. 내가 내일 아침밥 먹기 전
에 이육사 시 멋지게 암송해줄게이."

영식이네 사랑방에는 진수 또래 아이들 다섯이 모였다. 캄
캄한 밤길을 조심히 걸었다. 그런데 진수는 영식이네 가는 길
에 한눈을 팔다가 진창에 발이 빠지고 말았다. 신발이 진흙으
로 엉망이 되었다. 진수는 영식이네 사랑방 방문을 열었다.

"무사 안 들어오멘?"

영식이가 물었다. 찬바람이 들어오니 얼른 들어와 문을 닫
으라는 뜻이었다.

"영식아, 먼저 읽고 이시라. 나 집에 좀 다시 갔다 와야 되크

라(되겠다). 신발이 빠젼."

진수는 젖은 신발을 신고 다시 집으로 향했다.

"아휴! 발 시려."

진수가 집에 간 사이 아이들은 시를 함께 읽었다. 이육사의 '절정'이었다.

매운 계절의 채찍에 갈겨 / 마침내 북방으로 휩쓸려 오다.

"왜놈들 세상보다 지금이 더 매운 계절 아니?"

"게메이(그러게). 왜놈들은 왜놈이니까 그렇댄 허고, 같은 민족끼리 이게 무신 일이냐게?"

"경허난(그래서), 우리가 시를 공부하는 거 아니. 그놈들을 칼이나 총으로는 못 당해도 글을 써서 알릴 수는 있지 안해?"

열여섯 아이들 답지 않게 깊은 이야기가 오갔다.

방문이 벌컥 열렸다.

"야! 무사 이제 오멘?"

영식이가 문 쪽을 쳐다보지도 않고 말했다. 신발 갈아 신으러 간다던 진수가 한참 만에 들어오는 걸 보고 퉁바리를 놓는 것이었다. 하지만 방문을 연 것은 진수가 아니었다. 덩치 큰 사내들이 신발을 신은 채 방으로 들이닥쳤다. 아이들은 놀라 벌떡 일어났다.

"이 새끼들, 밤중에 모여서 뭐 하는 거야? 너희들 남로당 지령 받고 모인 거지?"

"우리는 그런 거 몰라 마씸. 그냥 이육사 시 읽고 공부하고 있어수다. 이거 봅서."

영식이가 이육사 시를 베껴 쓴 종이를 들어 보였다.

"매운 계절의 채찍? 북방으로 휩쓸려 가? 이 새끼들 빨갱이 맞고만. 모두 끌어내!"

아이들은 모두 방에서 끌려 나왔다. 다른 방에서 자고 있던 영식이 아버지가 시끄러운 소리에 밖으로 나왔다.

"무사 영 하멘 마씸? 어린 아이들이우다. 기특허게 지기들끼리 공부허는데 무신 잘못했다고 영 햄수광?"

"이 노인네가! 자식 교육을 똑바로 시켰어야 할 것 아니오! 여기 보시오. 북으로 간다고 하지 않소! 어린놈들이 빨갱이 물이 들어서는."

사내들이 아이들을 끌어내 트럭에 태웠다. 아이들은 무서워 울면서 차에 올랐다.

"잠깐만예."

끌려가던 한 아이가 입을 열었다.

"저 신발 좀 신고 갈게 마씸."

아이가 자기 발을 내려다보며 말했다. 끌려 나오느라 신발을 한 짝만 신고 있었다. 사내가 그런 아이 발을 보더니 피식 웃었다.

아이들이 끌려가고 영식이네 사랑방에는 신발 한 짝만 덩그러니 남았다.

진수가 신발을 갈아 신고 집을 나설 때였다. 환한 자동차 불빛이 줄지어 달렸다. 영식이네 집 쪽이었다.

"진수야, 가지 말라."

진숙이 진수를 잡았다. 영식이네 집 앞에 멈춰선 차를 보는 순간 진수가 달려나가려고 했다. 하지만 진숙이 놓아주지 않았다. 진숙은 고개를 가로저었다.

"진수야, 안 된다."

잠시 후 영식이네 집에서 시끄러운 소리가 들렸다. 어둠 속에서도 아이들이 잡혀가는 것이 보였다. 친구들이 잡혀가게 둘 수 없었다. 순욱도 나와 진수를 붙잡았다. 지금 가면 붙잡혀 가는 것은 뻔한 일이었다.

"누나, 나 가야 되어. 이거 놔주라게. 지금 동무들이 잡혀감서."

진숙은 말없이 고개만 가로저었다. 절대 못 보내겠다는 표정이었다. 남편을 허망하게 떠나보냈는데 동생까지 보낼 순 없었다. 아이들을 실은 차가 멀어졌다. 그제야 진숙은 진수 손을 놓아주었다. 진수는 그 자리에 주저앉았다. 진수의 어깨가 들썩였다.

다음 날, 영식이 부모와 다른 부모들이 저지 지서로 찾아갔다.

"아이들이 모여 공부헌 게 무신 잘못이우꽈?"

"아무것도 모르는 어린 아이들이우다."

"제발 우리 아들 풀어줍서."

부모들이 애원했다. 경찰은 우선 조사를 해야 한다며 돌아가라고 했다.

"죄가 없으니 풀려나지 않겠습니까?"

"공부 헌다기에 기특허다고 생각해신디 이게 뭔 일인지 모르쿠다."

영식이 엄마는 눈물을 흘렸다. 우는 아내를 보고 영식이 아버지는 지청구했다.

"울긴 무사 울엄서! 영식이 내일이면 집에 올 거여. 청승맞게 울지 말라."

뜬눈으로 밤을 새운 진숙은 이른 아침, 부엌에서 밥을 지었다. 보리밥일지언정 진수 친구들에게 따뜻하게 밥 한 끼라도 먹이고 싶었다. 진수는 자신이 붙잡아 무사했지만, 그것이 더 마음에 걸렸다. 진수가 무사한 것은 다행이었지만 잡혀간 아이들 생각하면 마음이 편치 않았다. 게다가 진수는 이게 다 자기 잘못인 것처럼 방 안에 틀어박혀 나오지 않았다. 밥도 먹지 않았다. 잠도 자지 않았다. 진숙은 소쿠리에 밥을 담아서 머리에 이고 지서로 향했다.

"엊그제 금악에서 잡혀 온 아이들 좀 만나게 해줍서."

"안 됩니다. 못 들어갑니다."

지서 문을 지키는 경찰이 단호하게 말했다.

"그럼 이거라도 좀 전해주고 먹게 해줍서. 네?"

진숙은 경찰에게 소쿠리를 건넸다. 경찰은 소쿠리를 받아들고 귀찮은 듯 손짓을 했다.

"알았으니 그만 가보시오. 지금은 조사 중이니 나중에 먹이겠소."

"꼭 좀 먹게 해줍서예. 부탁햄수다."

진숙은 경찰에게 연신 고개를 숙이며 당부했다. 한참이나 지서 마당을 서성이다 저녁때가 다 되어 집에 돌아왔다. 혹시라도 아이들을 볼 수 있을까 해서 지서 안을 들여다보려고 했지만, 문을 지키는 경찰이 근처에 오지 못하게 했다. 영식이 어머니와 다른 부모들은 매일 지서를 찾아갔다. 하지만 역시 아이들을 만날 수는 없었다. 아이들이 잡혀간 지 닷새째 되는 날이었다.

"아이들 여기 없소. 모슬포경찰서로 이송됐소."

"예? 언제 마씸?"

경찰은 닷새 전이라고 했다. 닷새 전이면 아이들이 잡혀 온 바로 다음 날이었다. 그때 문을 지키던 경찰은 그런 말이 없었다.

"뭐우꽈? 여태 아무 말 없어신디 이게 무신 말이꽈?"

영식이 어머니가 경찰을 붙들고 따지듯 물었다. 그러나 경찰은 위에서 시키는 대로 했을 뿐이라며 부모들을 윽박질렀다.

"자꾸 이러면 당신들도 철창 신세 져야 할거요. 당장 돌아가시오."

그날 집으로 돌아온 영식이 어머니가 진숙을 찾아왔다.

"명옥이 어멍, 나가 부탁 하나만 허게. 여기 자주 오는 그 군인한티 이야기 좀 해주라게. 제발. 나가 영 부탁햄쩌."

영식이 어머니 눈에서는 눈물이 그치지 않았다. 상길에게 부탁해서 아이들 소식을 알아봐 달라는 것이었다.

다음 날, 집에 들른 상길에게 진숙이 조심스럽게 말을 꺼냈다.

"문 중위님, 나가 염치가 없지만, 부탁 하나만 할게 마씸."

"누님, 염치라니요. 말씀하세요. 무슨 부탁이신데요?"

"아이들이 잘 있는지 좀 알아봐 줍서."

상길도 며칠 전 진수 친구들이 잡혀간 것을 알고 있었다. 경비대에 잡혀간 것이면 알아볼 텐데 경찰이라서 쉽지 않았다. 경찰과 경비대는 고양이와 쥐처럼 사이가 좋지 않았다.

"저지 지서라고 했지요?"

진숙이 고개를 가로저었다.

"오늘 가보니 벌써 모슬포로 이송됐다고 햄수다."

"누님, 제가 가서 알아볼게요. 걱정 말고 계세요."

상길이 진숙의 손을 잡으며 말했다. 진숙은 그런 상길이 정말 고마웠다. 아무리 순욱을 좋아한다고 하지만 제 가족처럼 살뜰히 챙겨주는 상길의 마음이 늘 고마웠는데 이번에도 나서 준다니 마음이 놓였다.

"나도 고치(같이) 가쿠다."

그때 진수가 문을 열고 나왔다.

"너는 안 돼."

"안 돼."

상길과 진숙이 동시에 말했다. 집에 있어서 겨우 잡혀가지 않았는데 호랑이 굴에 제 발로 가겠다니 안 될 말이었다.

"죄 없는 친구들이 잡혀가신디 그냥 이러고 있어야 되 마씸? 그렇게는 못하쿠다. 시 읽고 공부한 게 무신 잘못이우꽈."

진수는 소리를 질렀다. 누나와 상길에게 하는 말이 아니었다. 억울하고 분해서 하는 말이었다. 진숙이 안 된다고 했지만

107

결국 상길은 진수를 데리고 가기로 했다.

"진수야, 대신 너는 차 안에만 있어야 해. 약속할 수 있지?"

진수는 고개를 끄덕였다.

"누님, 걱정하지 마세요. 제가 잘 데리고 다녀올게요."

상길은 진수를 태우고 차를 몰아 모슬포경찰서로 향했다. 가는 내내 진수는 창밖만 바라볼 뿐 말이 없었다.

"죄가 있는지 없는지는 재판을 해보면 알지 않겠습니까? 그 때까지 나라에서 잘 보살필 거니까 염려 마시오. 조사 중이라 만날 수 없으니 돌아가시오."

모슬포경찰서 계장이라는 사람이 나와 말했다. 계장은 상길을 보더니 혼잣말하듯 한마디 덧붙였다.

"경비대에도 빨갱이가 득실거린다더니만 사실인가 보네."

계장은 바닥에 침을 퉤 뱉더니 경찰서 안으로 들어가 버렸다.

차로 돌아온 상길이 고개를 저으며 한숨을 내쉬었다. 진수는 두 주먹을 꽉 쥐었다. 차가 출발해 한참을 달렸다. 창밖만 보고 있던 진수가 입을 열었다.

"문 중위님은 무사 군인이 되수광?"

상길이 진수를 흘깃 쳐다보더니 운전대를 꽉 쥐었다.

"나라와 인민을 지키기 위해서지."

"쳇! 경찰이나 군인이나 서청이나 다 똑같수다. 인민을 위한다고 하지에? 지금 하는 짓들이 정말 인민을 위하는 거우꽈? 마음에 안 들면 무조건 잡아가잖아 마씸. 우리 아방, 어멍은 아무 잘못도 어신디 죽었수다. 이건 인민을 위하는 게 아니라 마씸."

"네 말대로 인민들은 잘못이 없을지도 몰라."

상길은 잠시 한숨을 쉬고 나서 말을 이었다.

"진수야, 지금 우린 진짜 독립을 하지 못했어. 해방은 되었지만 아직 온전한 나라가 아니란 말이야. 난 군인으로서 나라 세우는 걸 방해하는 세력이 있다면 그걸 막아야 해."

상길은 말은 그렇게 했지만, 자신의 말이 맞는지 확신이 들지 않았다. 섬에서 만난 사람들은 모두 순박하기 그지없었다. 어쩌면 섬사람들이야말로 해방된 조국이 둘로 갈라지지 않고 온전한 하나의 나라가 되도록 안간힘을 쓰고 있는 것인지도 몰랐다. 그들을 빨갱이라는 이름으로 잡아들이고 있는 현실이 너무도 안타까웠다.

"방해 세력 마씸? 누가 방해를 한단 말이우꽈? 제 친구들 말이우꽈? 우리 아방이?"

"앞으로 그런 일이 없도록 우리 군인들이……."

"언제 말이우꽈? 제주 사람 다 잡아들여 모조리 죽이고 나서 말이우꽈?"

진수가 소리를 질렀다. 진수가 갑자기 제 주먹으로 가슴팍을 마구 쳤다. 상길이 급히 차를 세우고 진수 팔을 잡고 말렸다.

"진수야, 이러지 마. 누나가 널 얼마나 걱정하시는지 잘 알잖아."

진수가 상길의 손을 뿌리치고 차에서 내려 산 위를 향해 달렸다.

"진수야!"

상길이 진수 뒤를 따라 달렸다. 진수가 무슨 일을 낼 것만 같았다. 한참 달리던 진수가 언덕에 올라 멈췄다. 멀리 바다가 내려다보였다. 진수는 산 아래를 향해 "으아악!" 소리를 질렀다. 상길이 진수를 끌어안았다.

"진수야, 그만해. 네 잘못이 아니야."

진수는 상길의 말에 고개를 가로저었다.

"나 때문이우다. 이게 다 나 때문이우다. 나가 아이들 꾀어서 시 공부하자고 한 마씸. 그런데, 다른 아이들은 다 잡혀가고 나만 남았수다. 다 나 잘못이우다."

진수가 바닥에 주저앉더니 무릎에 고개를 파묻고 울었다. 상길은 진수가 울도록 그냥 두었다. 실컷 울기라도 해야 진수 마음이 조금은 풀릴 것 같았다. 상길은 먼바다를 바라봤다. 저 바다를 건너 여기에 올 때를 떠올렸다. 이곳에 처음 올 때 새로 세워질 나라의 군인이 되어 나라와 인민을 지키고 있으리라 생각했다. 하지만 지금 자신의 모습은 전혀 달랐다. 진수가 저렇게 힘들어하는데 해줄 수 있는 일이 없었다.

상길이 진수를 일으켰다. 진수를 데리고 언덕을 내려와 차에 태웠다. 꽁꽁 언 진수 손을 꼭 잡아주었다. 상길은 다시 차를 몰았다. 자동차는 차가운 겨울바람을 가르며 달렸다. 진수는 창밖만 바라보고 있었다.

'미안해 진수야. 인민을 위한다면서 정작 나는 아무것도 못 하고 있구나.'

두 사람을 태운 차가 구불구불한 길을 천천히 달렸다.

모슬포경찰서 계장이 한 말은 모두 거짓이었다. 그날 잡혀 온 아이들은 낮에 잡혀 온 다른 마을 아이들과 함께 바닷가로 끌려갔다. 바다가 해를 삼키고 있었다. 아이들을 끌고 간 것은 경찰도, 군인도 아니었다. 죽창을 든 서북청년단원이었다. 아이들은 손을 뒤로 묶인 채 바다를 보고 섰다. 살을 에는 겨울바람이 맨몸을 할퀴었다.

"'나는 빨갱이입니다. 잘못했습니다.' 하고 외치면 살려주겠다."

등 뒤에서 누군가 소리쳤다. 사내들이 낄낄대며 웃는 소리가 들렸다. 재미있는 놀이를 하듯 저희끼리 웃고 떠들었다. 아이들은 차가운 겨울 바다에 서서 벌벌 떨고 있었다. 바닷물이 발에 닿을 때마다 온몸에 소름이 돋았다. 그때 추위를 참지 못하고 한 아이가 소리쳤다.

"나…, 나는 빨…, 갱이입니다. 잘못… 억!"

아이가 말을 마치기도 전에 바닷물로 고꾸라졌다. 아이 등에는 죽창이 꽂혀 있었다. 그걸 본 아이들이 뒤를 돌아봤다.

"다 죽여 버려!"

사내들이 죽창을 들고 달려들었다. 아이들은 도망칠 엄두도 내지 못한 채 쓰러졌다. 영식이도 몇 걸음 도망치다가 그대로 넘어지고 말았다. 곧 날카로운 물건이 몸속으로 들어오는 것이 느껴졌다. 차가운 바닷물이 몸을 덮쳤다. 몸에서 나온 뜨거운 피가 바닷물과 섞였다. 영식이는 몸에 힘이 빠지는 걸 느꼈다. 눈을 뜨려고 했지만 그럴수록 정신이 흐려졌다.

"영식아, 이따 아이들 오면 같이 먹으면서 공부해라."

어머니 목소리가 들렸다. 눈을 뜨면 삶은 지슬(감자)을 갖다 주던 어머니 모습이 보일 것 같았다. 영식은 있는 힘을 다해 눈을 뜨려고 했다. 하지만 눈이 떠지지 않았다. 추웠다. 너무 추운데 졸린 것처럼 자꾸만 눈이 감겼다. 영식은 차가운 바닷물 속에서 눈을 감았다.

영식이 옆에 다른 아이가 힘없이 쓰러졌다. 겨울밤, 바닷물이 검붉게 변하고 있었다.

횃불

마을 뒷산에 시신도 없는 무덤 다섯 개가 만들어졌다. 아이들이 입던 옷과 신발을 땅에 묻고 봉분을 만들었다. 황톳빛 무덤은 마치 아이들이 흘린 피로 물든 듯했다. 마을 전체가 초상집이 된 것 같았다. 이제 막 피어난 꽃들이 서청의 죽창에 꺾이고 만 것이다.

마을 사람들은 진수를 친구들 무덤에 못 오게 했다. 아직 어리니 봐서 좋을 것 없다는 사람도 있었지만, 대부분은 아이들이 그렇게 된 것이 진수 탓이라고 생각했다. 가만히 있는 아이들을 꾀어내서 시 읽는다고 밤마다 모이더니 이런 사달이 난 것이라고 수군거렸다. 진수는 차라리 그날 친구들과 같이 잡혀가는 것이 나았을 거라는 생각을 했다. 집 밖으로 나가면 모두 진수를 쳐다봤다. 진수를 보는 눈이 달갑지 않았다.

"주동한 놈은 잡히지도 않고 멀쩡히 살아이신디 엉뚱한 사람들만 잡혀서 죽어감서."

혼잣말처럼 이야기했지만, 진수를 두고 하는 소리였다. 진수는 모든 것이 자기 잘못인 것만 같았다. 아버지와 어머니가 돌아가신 것도, 친구들이 죽은 것도 모두. 서청이나 경찰에 잡혀가는 것만큼이나 마을 사람들을 마주하는 것이 두려웠다. 진숙은 방에만 틀어박혀 나오지 않는 진수가 걱정되었다.

"진수야, 방에 있니? 밥은 먹었어?"

상길이 방문 앞에 걸터앉으며 진수에게 말을 걸었다. 방 안에서는 아무런 답이 없었다.

"오늘 오는 길에 네 친구들에게 다녀왔어. 친구들은 오히려 네 걱정을 할 거야. 진수야, 네 잘못이 아니야. 다 어른들 잘못이야."

방에서 흐느끼는 소리가 들렸다.

"친구들도 네가 이러고 있는 걸 알면 하늘에서 슬퍼할 거야. 진수야, 나랑 바다 보러 가지 않을래? 바다 보고 있으면 좀 나아지지 않을까?"

갑자기 문이 벌컥 열렸다.

"삼춘이 뭘 알앙 그런 말 햄수광? 삼춘은 군인이난(군인이라) 우리 맘 몰라 마씸."

진수가 상길을 노려보며 큰 소리를 쳤다. 상길은 진수가 가여웠다. 천천히 일어나 진수를 끌어안았다. 진수의 어깨가 떨렸다. 어린 진수가 짊어져야 할 짐이 너무도 컸다. 그런 진수가 안쓰러워 상길의 눈에서도 뜨거운 눈물이 흘렀다.

4월 3일 새벽, 여러 오름에서 봉화가 올랐다. 죽창과 낫을 든 사내들이 어둑한 산길을 재빠르게 뛰어 내려왔다. 환한 대낮에도 험한 산길이었다. 그러나 길을 훤히 알고 있는 듯 거침없이 내려왔다. 사내들이 잠시 멈추었다. 맨 앞에 선 사람의 손짓에 따라 여러 갈래로 갈라지더니, 다시 달리기 시작했다.

장동춘은 한림에 있는 숙소에서 잠자고 있었다. 숙소에는 여기저기서 드르렁드르렁 코 고는 소리가 들렸다. 덩치 큰 사내들이 아무렇게나 널브러져 잠들어 있었다. 장동춘은 어제저녁 늦게까지 부하들과 술판을 벌였다. 세상에 두려울 것이 하나도 없었다. 모두 자신을 두려워했다. 큰 소리 한 번이면 사람들이 벌벌 떨었다. 돈과 먹을 것이 없으면 빼앗으면 그만이었다. 꿈에서도 뭘 먹는지 입을 쩝쩝거렸다. 그때 숙소 문이 열리더니 열 명 남짓한 사내들이 발소리를 죽이며 들어왔다. 그들은 숙소에서 자고 있던 사내들을 향해 몽둥이와 죽창을 휘둘렀다. 세상 모르고 자던 사내들은 혼비백산이 되었다. 하지만 술에 곯아떨어진 장동춘은 잠에서 깨지 않았다.

"이봐! 그만 일어나시지."

한 사내가 장동춘의 어깨를 발로 밟았다.

"에이 씨, 뭐야?"

잠결에 장동춘이 구시렁거리더니 오른쪽으로 몸을 돌렸다. 장동춘을 밟고 있는 사내가 죽창을 장동춘의 목에 갖다 댔다.

무언가 목을 찌르는 느낌에 눈을 뜬 장동춘은 깜짝 놀랐다. 천으로 얼굴을 가린 사내 여럿이 장동춘을 향해 죽창을 겨누고 있었다.

"너희들 누구야? 여기가 어디라고 감히!"

사내들을 노려보며 장동춘이 부하들을 불렀다.

"얘들아!"

하지만 아무도 장동춘을 구하러 올 수 없었다. 모두 숙소 한쪽에 꿇어앉아 고개를 숙이고 있었다. 더러는 피를 흘리고 쓰러져 있었다.

"네놈의 손에 죽어간 우리 인민들의 복수다."

그 말과 함께 죽창이 장동춘의 가슴을 뚫었다. 장동춘은 소리도 지르지 못하고 그대로 쓰러졌다.

서북청년단 숙소를 빠져나온 사내들은 곧바로 경찰지서로 향했다. 당직을 서며 졸고 있던 경찰을 단숨에 때려눕히고 무기고에서 총을 빼앗아 달아났다. 사내들은 달아나면서 지나가는 곳마다 종이를 뿌렸다. 산에서 내려온 그들은 자신들을 인민유격대라고 했다. 그들이 뿌린 종이에는 그들이 왜 이런 일을 벌였는지 까닭이 적혀 있었다.

친애하는 경찰관들이여! 탄압이면 항쟁이다. 제주도 인민 유격대는 인민들을 수호하며 동시에 인민과 같이 서고 있다. 양

116

심 있는 경찰원들이여! 항쟁을 원치 않거든 인민의 편에 서라. 양심적인 공무원들이여! 하루빨리 선을 타서 소여된 임무를 수행하고 직장을 지키며 악질 동료들과 끝까지 싸우라. 양심적인 경찰원, 대청원들이여! 당신들은 누구를 위하여 싸우는가? 조선 사람이라면 우리 강토를 짓밟는 외적을 물리쳐야 한다. 나라와 인민을 팔아먹고 애국자들을 학살하는 매국 매족노 들을 거꾸러뜨려야 한다. 경찰원들이여! 총부리란 놈들에게 돌리라. 당신들의 부모 형제들에게 총부리란 돌리지 말라. 양심적인 경찰원, 청년, 민주 인사들이여! 어서 빨리 인민의 편에 서라, 반미 구국 투쟁에 호응 궐기하라.

종이는 두 종류였다. 경찰과 공무원들에게 보내는 것과 일반 도민들에게 보내는 *호소문이었다. 호소문은 금세 마을마다 퍼졌다. 주워서 읽은 사람이 다른 사람에게 전하고, 또 다른 사람에게 전했다. 밖에 나갔던 순욱이 호소문을 가지고 왔다. 진숙은 순욱이 내민 호소문을 읽었다.

시민 동포들이여! 경애하는 부모 형제들이여! '4·3' 오늘은 당신님의 아들 딸 동생이 무기를 들고 일어섰습니다. 매국 단선

---

* 당시 궐기했던 유격대가 쓴 호소문으로 〈제주4·3평화재단〉에 올라온 글을 옮겨 적었다.

단정을 결사적으로 반대하고 조국의 통일독립과 완전한 민족해방을 위하여! 당신들의 고난과 불행을 강요하는 미제 식인종과 주구들의 학살 만행을 제거하기 위하여! 오늘 당신님들의 뼈에 사무친 원한을 풀기 위하여! 우리들은 무기를 들고 궐기하였습니다. 당신님들은 종국의 승리를 위하여 싸우는 우리들을 보위하고 우리와 함께 조국과 인민의 부르는 길에 궐기하여야 하겠습니다.

호소문을 읽는 진숙의 눈에서 뜨거운 눈물이 흘렀다. 남편의 죽음을 알았을 때 흘리던 억울하고 서러운 눈물이 아니었다. 가슴 깊은 곳에서 솟아나는 눈물이었다. 남편이 바라던 세상이 이루어질 것만 같았다. 하지만 유격대가 경찰이나 군인을 이기고 인민의 세상을 만들 수 있을지, 또 얼마나 많은 사람이 죽어갈지 알 수 없었다.

김익렬은 한림에 머무르고 있다가 경찰지서 습격 소식을 들었다. 서둘러서 경비대 본부로 돌아온 김익렬은 미군정에 이 사실을 보고했다. 맨스필드 제주도 미군정 장관은 김익렬에게 사태 진압을 지시했다.

"빨리 이 사태를 진압하도록 하시오."

김익렬은 군인들에게 탄약을 지급하고 상황을 파악하기 위해 애썼다. 급하게 제주 비상경비사령부가 만들어지고 사령관으로 김정호 공안국장이 내려왔다. 그는 모든 것이 공산주의자들 소행이고 그들이 도민들을 선동하고 있다면서 초토화 작전을 명령했다.

"그건 안 됩니다. 유격대는 고작 350명 정도라고 합니다. 주민들을 모조리 죽일 수는 없습니다."

초토화란 유격대와 조금이라도 관련이 있으면 마을 주민을 모조리 죽이고 마을을 불태우는 작전이었다. 결국은 제주도민 전체를 적으로 돌리겠다는 것이었다.

"게다가 초토화 작전은 국제법으로도 금지하고 있는 작전입니다."

김익렬은 김정호의 의견에 초토화 작전만은 안 된다고 강력하게 반대했다.

"제가 어떻게든 해결해 보겠습니다. 며칠만 저를 믿고 기다려주시기 바랍니다."

단호하게 말했지만 어떻게 해결해야 할지 김익렬은 고민이었다. 경비대 군인들의 무장을 강화했지만 유격대에게 무기를 빼앗기기 일쑤였다. 경비대는 급하게 만들어진 군대였다. 고작 두세 달 훈련을 받고 군인이 된 사람이 대부분이었다. 전투경험이 거의 없었다. 군인이라고 하지만 지리에 익숙하고 게릴라전을 펼치는 유격대를 막아내기엔 역부족이었다. 이대로 있다가는 정말 상부에서 초토화 작전 명령이 내려올 터였다. 그것만은 막아야 했다. 김익렬은 문상길과 손선호를 불렀다.

"이 일을 어떻게 하면 좋겠나?"

김익렬이 물었다.

"아무래도 도민들의 불만이 터져 나온 듯합니다. 이런 때에 강하게 진압을 하면 오히려 더 큰 문제가 될 수 있습니다."

문상길이 말하며 손선호를 쳐다봤다. 어떻게 생각하느냐 의견을 묻는 것이었다.

"저도 비슷한 생각입니다. 하지만 주동 세력 중에는 남로당원이 있지 않을까 의심스럽습니다. 그들을 찾는 것이 우선입니다."

"나도 그게 걱정이야. 만약 남로당의 소행이라면 위에서 가만히 있지 않을걸세. 이대로 두면 안 될 텐데 말이야. 잘못했다가는 무고한 인민들이 다칠 수 있어. 도대체 어떻게 해야 할지…."

김익렬의 한숨이 깊어졌다. 세 사람은 한동안 그렇게 말없이 앉아 있었다.

"연대장님, 이 방법은 어떻겠습니까?"

문상길이 뭔가 생각난 듯 입을 열었다.

"그래, 말해 보게."

문상길은 자기 생각을 말했다. 이야기를 들으며 김익렬은 고개를 끄덕였다. 문상길의 제안은 그럴듯했다. 지금으로서는 최선이었다. 유격대와 군인, 경찰이 싸운다면 수많은 사람이 다칠 것이었다. 제주도 전체가 피로 물드는 것은 뻔한 일이었다.

"그럼 자네만 믿겠네."

문상길과 손선호는 연대장실을 나왔다. 숙소로 돌아간 두 사람은 다음 날까지 밖으로 나오지 않았다.

아직 해도 뜨지 않은 새벽, 순욱과 진숙은 가마솥에 보리밥을 한가득했다. 식구들이 먹기에는 많은 양이었다. 잠시 후 순욱이 소쿠리를 머리에 이고 부엌을 나왔다.

"조심행 다녀옵서에."

"언니, 걱정 허지 말고 얼른 들어갑서. 명옥이, 명수 깨쿠다."

"나가 가쿠다."

언제 나왔는지 진수가 마당에 서서 순욱이 머리에 이고 있는 소쿠리를 뺏어 들었다.

"진수야, 안 된다. 남자들은 조금만 수상해도 잡아간다고 안 햄시냐?"

"내 생각도 같수다. 오늘은 나 혼자 갔다오크라. 무슨 일 생기면 니가 언니랑 명옥이, 명수 지켜야 되어."

순욱이 진수에게서 소쿠리를 다시 뺏어 들었다. 진수는 아무 말도 못 하고 마당에 서 있었다. 순욱은 밖으로 나가며 주위를 둘러보았다. 마당을 향해 손짓하며 빨리 들어가라고 했다. 밖에 아무도 없는 것을 확인한 순욱은 산으로 향했다.

유격대가 경찰지서와 서북청년단 숙소를 습격했다는 소문이 마을에 퍼졌다. 사람들은 대놓고 좋아하는 티를 내지는 못했다. 그러나 장동춘이 죽었다는 소식에 마을 사람들 모두 진실로 기뻐했다. 그동안 놈들에게 당한 걸 생각하면 치가 떨렸다. 사람들은 겉으로 표현하지 못했지만 모이면 유격대가 잘한 일이라며 이야기하곤 했다. 마을 사람들은 돌아가면서 산으로 음식을 가지고 갔다. 보리밥에 소금만 넣고 뭉친 주먹밥이지만 유격대엔 큰 힘이 되었다.

순욱이 산 중턱에 도착했다. 들고 온 소쿠리와 비슷한 빈 소쿠리가 땅바닥에 있었다. 순욱은 가지고 온 소쿠리는 놓고 빈 소쿠리를 들어 산에서 내려왔다. 유격대를 직접 만날 수는 없었다. 혹시 누가 보기라도 하면 유격대와 내통했다고 바로 잡혀갈 수 있었다. 소쿠리를 놓고 오면 유격대가 음식을 가져가서 먹고 빈 소쿠리를 그 자리에 가져다 놓았다.

순욱은 집으로 돌아오며 며칠 전 일을 떠올렸다.

"언니, 우리도 뭐라도 해야 되지 않아 마씸?"

"아가씨, 경 해도(그렇더라도)…."

진숙은 문상길이 마음에 걸렸다.

"언니, 걱정허지 맙서. 상길 씨도 우리영 같은 마음일 거우다."

"그래도 문 중위님 생각허민…."

"언니, 무슨 말이꽈. 상길 씨도 좋아할거라 마씸. 상길 씨는 우리 편이우다."

순욱은 말은 그렇게 했지만, 상길을 생각하면 마음이 편치 않았다. 상길은 군인이었다. 군인은 명령에 따라 움직인다. 언제 유격대를 잡으러 올지 몰랐다. 사랑하는 사람과 반대편에 서야 했다. 어쩌면 상길을 잃을 수도 있다는 생각이 들었다. 설령 그렇다 해도 이대로 가만히 있을 수는 없었다.

며칠 뒤, 경비행기 한 대가 활주로를 날아올랐다. 김익렬과 문상길이 함께 타고 있었다. 비행기는 산악지역을 중심으로 제주도를 한 바퀴 돌았다. 낮게 비행하면서 창문을 열고 종이를 뿌렸다. 며칠 전, 문상길과 손선호가 작성한 평화 교섭과 귀순을 권하는 전단이었다.

유격대에게 고함! 그대들이 횃불을 들고 일어남은 갇혀 있는 도민을 구하기 위함임을 잘 알고 있다. 하지만 폭력으로는 해결될 수 없으니 산에서 내려와 평화적인 협상을 하는 것이 옳은 일이다. 평화적으로 교섭에 응하면 당신들의 잘못을 더는 묻지 않을 것이나, 끝까지 저항한다면 국방경비대는 무기와 병력을 동원하여 토벌 작전을 펼칠 수밖에 없음이다. 그대들도 살고 도민도 구하는 길을 선택하기 바란다.

-국방경비대 9연대장 중령 김익렬-

"이게 정말 효과가 있겠나?"

비행기 안에서 김익렬이 문상길에게 물었다. 프로펠러 소리 때문에 소리를 지르듯이 말했다.

"답이 올 것입니다. 모두가 사는 길은 이것뿐이잖습니까?"

대답은 그렇게 했지만 정말 답이 올지는 알 수 없었다. 전단이 유격대에 전달이 될지도 모르는 일이었고, 전단을 보고도 그들이 끝까지 항거한다면 경비대로서도 다른 방법이 없었다.

전단을 뿌리고 이틀이 지났지만, 아직 유격대로부터 답이 없었다. 문상길은 초조했다. 이 방법이 통하지 않는단 말인가? 다른 방법을 찾아야 했다. 이대로 손 놓고 기다리다가 유격대와 전투를 할 수는 없었다. 이곳에 온 까닭은 도민을 지키기 위한 것이지 죽이기 위한 것이 아니다. 그동안 너무 많은 사람이 죽었다. 유격대와 전투가 벌어진다면 더 많은 사람이 죽을 것이다. 문상길은 초조했다. 자칫하면 총을 들고 섬사람들을 쏴야 하는 일이 생길 수도 있었다. 하지만 인민들에게 총을 쏠 수는 없었다. 무고한 인민들이 죽는 일은 막아야 했다. 유격대로부터 답이 와야 어떻게든 인민을 보호할 방법을 찾을 수 있었다. 문상길은 초조한 마음을 숨길 수 없었다.

"문 중위님, 답이 왔습니다."

손선호가 문 중위 사무실 문을 열고 들어왔다.

"뭐라고? 정말이야?"

손선호는 손에 들고 있던 종이를 흔들어 보였다. 유격대로 부터 답이 왔다. 교섭에 응하겠다고 했다. 장소와 날짜까지 적어서 보냈다. 문상길과 손선호는 재빨리 연대장실로 향했다. 김익렬은 김정호 사령관과 미군정 사령관인 맨스필드를 찾아가 이 사실을 말했다.

"공산주의자들 말을 어떻게 믿나? 이거 확실한 건가?"

김정호는 믿지 못하겠다는 반응이었다. 하지만 맨스필드는 다행이라며 좋아했다. 유격대를 만나 교섭을 하기로 했다.

"만약 일이 잘못되면 그 책임을 져야 할 거야. 무슨 말인지 알지?"

김정호는 김익렬을 보고 날카로운 말을 쏟아냈다. 사령관으로서 비겁한 모습이었다.

4월 28일, 김익렬은 정보 참모와 함께 대정면 구억국민학교 교실 한 칸을 비우고 기다렸다. 문상길이 함께 오겠다고 했지만 김익렬이 그를 말렸다.

"일이 잘못될 수도 있네. 자네는 남아서 혹시 모를 사태를 대비하도록 하게."

문상길은 김익렬이 무엇을 걱정하는지 알 것 같았다. 그의 말을 따를 수밖에 없었다.

잠시 후, 누군가가 교실로 들어왔다. 그는 자신을 유격대 총책이라고 소개했다. 그의 젊은 모습에 모두 깜짝 놀랐다.

"김달삼입니다."

"반갑소, 김익렬이오."

김달삼이라는 이름은 독립운동가였던 장인의 이름을 빌려 쓰는 것이었다. 본명은 이승진. 하지만 유격대원 모두 그를 김달삼 대장이라고 불렀다.

두 사람의 만남은 순조롭지 못했다. 김익렬이 이번 일을 공산주의자들이 일으킨 것이냐고 물었다.

"남로당에서 제주를 공산화하려고 이번 폭동을 일으킨 것 아니오?"

"친일 악질 경찰이 자신들 죄를 덮기 위해 아무나 공산주의자로 몰아가고 있는 것을 모른단 말이오! 당신도 똑같구려."

"그런 것이 아니라면 왜 경찰서를 습격해서 사람을 죽인단 말이오!"

김익렬도 지지 않으려고 강하게 말했다.

"내가 남로당원인 것은 사실이오. 우리는 억울하게 잡혀 있는 도민들을 구하는 것이 목적이었소. 그런데 서북청년단이나 악질 경찰들을 보니 분노가 치밀어 올랐소."

김달삼은 표정의 변화도 없이 할 말을 다 하고 있었다.

"그럼 한 가지만 묻겠소. 당신들이 이번 일을 일으킨 목적이 진정 공산국가를 만들기 위함이 아니란 말이오?"

"아니오."

김달삼은 단호했다. 대답을 들은 김익렬은 다행이라고 생각했다. 공산국가를 만들기 위해 봉기한 것이 아니라면 협상의 가능성은 얼마든지 있었다.

두 사람 사이에 팽팽한 긴장감이 감돌았다. 서로 한 치의 양보도 없었다. 세 시간이 넘도록 이야기가 이어졌다. 다행히 두 사람은 세 가지 사항에 대해 합의를 했다.

첫째, 72시간 이내에 전투를 완전히 중지하되 산발적으로 충돌이 있으면 연락 미달로 간주하고 닷새 이후의 전투는 약속의 배신으로 본다.

둘째, 무장 해제는 점차적으로 하되 약속을 위반하면 즉각 전투를 재개한다.

셋째, 무장 해제와 하산이 원만히 이루어지면 주모자들의 신병을 보장한다.

문제가 잘 해결이 되면 김달삼은 경비대에 자수하기로 했다. 책임자로서 처벌을 받겠다는 것이다. 두 사람은 악수하고 헤어졌다.

총소리가 멈췄다. 섬에 다시 평화가 찾아왔다. 김익렬은 연대본부 앞에 유격대에서 귀순해 오는 사람들을 위한 천막을 쳤다. 산에 숨었던 사람들도 마을로 돌아오고 있었다.

"언니, 상길 씨가 해내수다. 산사람들이 내려온댄 마씸."

순욱이 들뜬 표정으로 마당에 들어섰다. 진숙이 부엌에서 나왔다.

"그게 무신 말이꽈? 그럼 이제 싸움 끝난 거 마씸?"

"네. 어제 연대장님이랑 유격대 대장이랑 협상했댄 마씸."

"너무 잘 된 마씸. 너무 잘 된."

진숙이 순욱의 손을 꼭 잡았다. 진수가 방문을 열고 나왔다.

"누나, 그게 정말이우꽈?"

진수가 순욱을 보고 물었다. 언제부턴가 진수는 순욱에게도 누나라고 불렀다. 순욱은 고개를 끄덕였다. 순욱의 눈에서 눈물이 흘렀다.

"상길 씨가 산사람들 보라고 글 썽(글을 써서) 비행기로 뿌렸댄 마씸. 그걸 보고 협상했댄 허난 얼마나 다행인지 모르쿠다."

"문 중위 삼춘이 마씸?"

진수는 나라와 인민을 지키겠다는 상길의 말을 떠올렸다.

상길이 수많은 제주 인민을 지켜낸 것이다. 오래간만에 진수 얼굴에 미소가 번졌다.

더는 사람들이 숨어 지내지 않아도 된다니 다행이었다. 산으로 숨었던 사람들이 집으로 돌아오고 있었다.

'여보, 당신도 보고 있수광? 이제 당신이 바라던 세상이 되젠 햄수다(되려나 봐요). 거기서 우리 가족 잘 보살펴줍서에.'

진숙은 하늘을 올려다봤다. 기쁨의 눈물이 흘렀다.

깨지는 평화 협상

"뭐? 방화?"

보고를 받은 김익렬은 자리에서 벌떡 일어났다. 제주 읍내에서 멀지 않은 동네에 방화로 보이는 불이 났다는 것이다. 손선호가 연대장실로 들어서며 소식을 전했다.

"유격대가 마을에 불을 질렀다고 합니다."

"뭐? 유격대가? 유격대가 왜?"

연대장실에 있던 문상길이 놀라며 물었다.

"김달삼, 이 자식! 나를 배신하다니. 가만두지 않겠어."

김익렬이 책상을 주먹으로 내리쳤다. 김익렬은 문상길, 손선호를 불이 난 오라리로 보냈다. 유격대원끼리 서로 연락이 잘 안 되어 작은 교전은 있을 수 있었다. 그러나 멀쩡한 마을에 불을 지르다니 이건 협상 위반이자 범죄 행위였다.

방화 혐의로 체포한 유격대원을 연대본부로 데리고 와 조사하기 시작했다.

"왜 마을에 불을 질렀나?"

문상길은 화가 치밀었다. 어렵게 평화 협상을 성사시켰고,

김달삼과 협상을 맺은 지 며칠 되지 않았는데 이런 짓을 저지르다니. 김달삼에게 속았다는 생각이 들었다.

"우린 불 안 질런 마씸. 우리가 산에서 내려오는디 마을에서 불길이 일어수다."

"뭐라고? 지금 그걸 믿으란 말이야!"

문상길이 유격대원의 멱살을 잡았다. 김익렬이 문상길의 어깨를 잡으며 말렸다. 이야기를 더 들어 볼 필요가 있었다. 잡혀 온 사내는 험한 분위기에도 아랑곳없이 말을 이었다.

"자기가 살던 집에 불 지르는 사람이 어디 이수광?"

"그게 무슨 말이야? 알아듣게 말해 봐."

사내가 무슨 말을 하는지 이해가 안 되었다. 김익렬이 물었다.

"오라리는 나가 태어낭 자란 마을이우다. 봉기가 있은 후 경찰이 마을에 왕 사람들을 죽였수다. 우리와 연락을 했다는 이유로 마씸. 우리 중에 그때 부모, 형제를 잃은 사람이 열 명도 넘어 마씸. 그런 우리가 불을 지를 수 이수쿠광(있겠습니까)?"

사내는 잠시 쉬었다 말을 이었다.

"우리가 산에서 내려오고 있을 때 이미 마을에서 불길이 일언 마씸. 우리가 마을로 달려가니 한 무리의 사람들이 우릴 보고 도망쳤수다. 우리 쪽에서 몇 명 보냉 잡으려고 해신디 놓천 마씸."

김익렬과 문상길은 바로 미군정 사령관 맨스필드를 찾아갔다.

"이번 방화 사건은 유격대가 한 일이 아닙니다."

"무슨 소리요! 그놈들이 한 짓이 맞소. 우리 경찰에서 다 조사한 것이오."

경찰서장은 김익렬의 말에 반대하고 나섰다.

"그들이 마을에 불을 지를 이유가 없지 않소."

김익렬은 경찰에서 억지 주장을 하고 있다고 여겼다. 그러나 맨스필드는 경찰 의견을 받아들였다. 산에서 내려오던 유격대가 마을을 공격한 것이라고 결론을 내렸다. 힘들게 얻은 평화였다. 하지만 아무래도 이 평화로운 상황이 오래가지 못할 것만 같았다.

"이건 말이 안 됩니다. 우리 이야기도, 유격대 쪽 이야기도 전혀 믿지 않고 있습니다. 연대장님, 이대로 가만히 계실 겁니까?"

김익렬은 대답 없이 한숨만 쉬었다. 문상길의 말이 맞다. 뭐라도 해야 한다. 그러나 지금 할 수 있는 일이 없었다. 두 사람은 그렇게 아무런 소득 없이 돌아왔다. 누군가 파놓은 깊은 함정에 빠진 기분이었다.

오라리 사건을 모르는 유격대원들은 집에 돌아갈 수 있다는 희망을 안고 속속 산에서 내려왔다.

"꼼짝 마! 손 들어!"

경비대원들이 산에서 내려오는 사람들을 향해 총을 겨눴다.

"쏘지 맙서. 우린 유격대우다. 귀순하는 거 마씸."

유격대는 가지고 있던 무기를 건넸다. 무기라고 해야 죽창, 낫 그리고 총알도 없는 구식 총 한 자루가 전부였다. 나머지는 들고 있던 몽둥이를 바닥에 버렸다.

"우리 모두 집으로 보내주는 거지에?"

무기를 건네며 한 사내가 물었다.

"걱정하지 말고 따라오면 됩니다. 내려가서 이름 확인하면 집에 보내줄 겁니다."

유격대는 경비대 호위를 받으며 산에서 내려왔다. 이제 집에 돌아갈 수 있다는 생각에 들떴다. 그때였다.

"탕!"

총성이 들렸다. 유격대원 한 사람이 다리에 총을 맞았다. 경비대원들이 재빨리 총소리가 난 쪽으로 달렸다. 대여섯 명쯤되는 사람들이 흩어져 도망쳤다. 그중 한 사람이 산 위쪽으로 도망쳤다. 아래쪽이 낭떠러지라서 위쪽으로 달리는 것이었다. 바로 뒤를 쫓은 경비대에게 얼마 가지 못해 잡혔다.

"누가 시킨 짓이야?"

잡은 사내를 경비대 본부로 데려와 심문했다. 겁에 질린 사내는 순순히 자백했다.

"빨갱이들 내려오는 걸 방해하라고 지시를 받았습니다. 저는 그저 지시대로 했을 뿐입니다."

"뭐? 누가 그런 지시를 내렸단 말이야?"

"저도 잘 모릅니다. 그저 상부에서 그렇게 하라고만…. 저 좀 풀어주십시오."

그는 경찰이었다. 경찰이 무엇 때문에 유격대의 귀순을 방해하는지 알 수 없었다. 붙잡혀 온 경찰관은 비상경비사령부로 옮겨져 조사를 받았다.

다음 날, 김익렬과 문상길은 김정호 사령관을 찾아갔다.

"사령관님, 지금 경찰이 평화적인 귀순을 방해하고 있습니다."

"무슨 소리요? 내가 알아보니 폭도들이 경찰로 위장을 해서 벌인 일이더군. 이게 다 공산주의자들이 경찰과 경비대를 이간질 하려고 벌인 일 아니오!"

절대 그럴 이유가 없었다. 평화롭게 귀순하는 유격대를 유격대가 공격한다는 건 말이 안 됐다.

"게다가 당신들이 붙잡아 온 그 경찰은 공산주의자였소. 남로당원이었단 말이오. 조사하니 겁을 먹고 자살했소."

더는 할 말이 없었다. 진실을 밝혀 줄 사람이 죽어버렸다. 공산주의자, 빨갱이라고 하면 누구라도 죄인이 되는 세상이었다. 돌아오는 길, 운전하는 문상길의 눈에 푸르른 오름들이 보였다. 겉에서 보면 한없이 평화로웠다. 하지만 저 속에 얼마나 많은 유격대원이 숨어있을지 모를 일이었다. 그들을 어떻게 산에서 내려오게 해야 할지, 자신이 할 수 있는 일은 어디까지일지 알 수 없었다.

"순욱 씨!"

상길이 순욱을 찾아왔다. 한동안 들르지 못했다. 산에서 귀순해 내려오는 사람들을 관리하느라 잠자는 시간도 쪼개야 했다.

"상길 씨, 얼굴이 많이 상해수다. 괜찮우꽈?"

순욱이 피곤해 보이는 상길을 보며 물었다. 순욱은 상길을 방으로 들어오라고 했다. 그리고 곧 순욱이 밥을 하겠다며 일어섰다. 상길이 그런 순욱의 손을 잡아 앉혔다.

"오래는 못 있어요. 이거 주려고 왔어요."

상길은 군복 주머니에서 종이 한 장을 꺼냈다.

"이게 뭐우꽈?"

"군인 가족이라는 증표예요. 제멋대로 만들어서 죄송해요."

종이에는 순욱의 이름과 상길의 이름이 같이 적혀 있었다. 종이만 보면 두 사람은 이미 부부였다.

"아니, 이게…?"

"지금 돌아가는 상황이 아무래도 심상치 않아요. 연대장님과 김달삼이 평화 협상을 했지만 그걸 방해하려는 사람들이 있어요. 이러다가 큰일이 날 것 같아요. 적어도 경찰과 경비대 가족은 건드리지 않을 테니 잘 보관하고 계세요."

"삼춘, 그게 무신 말이우꽈? 평화 협상하고 지금 산 사람들 무기도 버리고 내려 왐수게(내려오고 있어요)."

제 방에 있던 진수가 상길이 온 것을 알고 누나 방으로 들어오며 물었다.

"진수야, 내가 올 때까지 누님과 순욱 씨 잘 부탁한다. 혹시라도 서청이나 경찰이 와서 해코지해도 절대 흥분하면 안 돼. 알겠지? 군인 가족이라는 증표가 있으니 함부로 대하진 못 할 거야. 너만 믿는다."

상길은 서둘러 일어섰다. 상황이 나아지면 다시 온다는 말만 남기고 서둘러 떠났다. 순욱은 종이를 한참 동안 쳐다봤다. 종이 한 장에 스며든 상길의 마음을 알 것 같았다. 그런 상길이 너무도 고마웠다.

산에서 내려오던 유격대가 다시 산으로 숨었다. 평화 협상에 금이 가고 있었다.

5월 5일, 미군정 장관이 소집한 회의가 비밀리에 열렸다.

"이번 일은 충분히 평화적으로 해결할 수 있습니다. 유격대를 모두 귀순하게 하고 그중에서 공산주의자를 찾아내 처벌하면 됩니다. 시간이 좀 걸리겠지만 이 방법이 최선입니다."

김익렬이 먼저 입을 열었다.

"무슨 소리요? 저놈들이 순순히 '나 공산주의자요.' 하고 나올 것 같아요? 무기도 우리가 월등한데 왜 머뭇거리고 있는 건지 이해가 안 갑니다."

"맞아요. 후환을 없애기 위해서라도 싹 쓸어버려야 합니다."

김익렬의 의견에 찬성하는 사람은 없었다. 무력으로 유격대를 토벌해야 한다는 이야기가 나왔다.

"유격대 모두 안전하게 귀순하고 나면 김달삼이 자수하기로 했습니다. 조금만 더 기다려주시면 제가 해결하겠습니다."

김익렬이 회의장에 모인 사람들을 향해 간곡하게 이야기했다. 그때 이야기를 듣고 있던 조병옥이 김익렬을 향해 삿대질했다.

"야 너! 그 김달삼인지 뭔지 하는 빨갱이랑 일본에서부터 친구 아니었어? 후쿠찌야마 육군 예비사관학교 같이 다녔잖아! 이 새끼들, 한패끼리 지금 뭐 하는 수작이야?"

조병옥의 말에 회의장이 술렁였다. 모두 김익렬을 쳐다봤다. 두 사람이 같은 학교 출신인 것은 사실이었다. 그러나 두 사람이 학교에 다닌 시기는 달랐다. 서로 전혀 만난 적이 없었다. 김익렬은 치밀어 오르는 분노를 억누르며 말했다.

"저는 그 자를 학교에서 만난 일도 없으며, 알지도 못합니다."

"이 자식 보게. 야! 인마, 니가 그 빨갱이 새끼를 몰라? 니 애비도 빨갱이잖아. 우리 경무부에서 다 조사했어. 애비가 빨갱이니 자식 놈도 빨갱이랑 어울려 다니지. 저런 놈을 경비대 연대장으로 뒀으니 이런 일이 벌어지는 것 아니냔 말이야?"

조병옥은 작은 소리로 중얼거렸다.

"하긴, 빨갱이 씨가 어디 가겠어?"

김익렬은 더는 참을 수가 없었다. 자리를 박차고 일어나 조병옥을 향해 달려갔다. 조병옥의 멱살을 쥐었다.

"어떤 놈이 우리 아버지보고 빨갱이라고 합니까? 도대체 어떤 놈이?"

조병옥은 멱살을 잡히고 캑캑거렸다. 오십을 넘긴 조병옥이 이십 대 김익렬의 힘을 이길 수는 없었다. 조병옥은 주위를 둘러보며 소리를 질렀다. 도움을 청하는 것이었다.

"야! 이거 안 놔. 네가 감히 나를…."

회의장에 있던 사람들이 둘을 뜯어말렸다.

"저 새끼 당장 해임하시오."

조병옥이 맨스필드를 향해 소리쳤다. 김익렬은 자리를 박차고 회의장을 나왔다.

다음 날 아침, 김익렬 앞으로 해임 통지서가 날아왔다. 어제

일로 9연대장에서 해임된 것이다. 예상은 했지만 이렇게 빨리 해임될 줄은 몰랐다. 김익렬은 담담했다. 사태를 해결하지 못하고 떠나는 것이 안타까울 뿐이었다.

"연대장님! 이렇게 가시면 어떻게 합니까?"

문상길과 손선호가 눈물을 흘렸다. 김익렬이 다가와 두 사람을 차례대로 안아주었다. 큰형님처럼 따르던 상관을 이렇게 보내야 한다니 두 사람은 억울함에 북받쳐 눈물이 흘렀다. 김익렬이 두 사람 어깨에 손을 얹고 말했다.

"자네들은 이 나라의 군인이네. 자네들의 임무는 국민을 지키고 이 나라를 지키는 일일세. 부디 군인들이 도민을 향해 총을 겨누지 않도록 자네들이 막아야 하네."

김익렬은 가족을 데리고 쓸쓸히 제주항으로 향했다. 그렇게 여수에 있는 14연대로 떠났다. 그날 밤 문상길은 손선호와 함께 취하도록 술을 마셨다. 맨정신으로는 버티기 힘들었다.

"손 하사, 이게 말이 된다고 생각해? 연대장님이 왜 쫓겨나듯 떠나셔야 하느냐고!"

문상길이 허공에 대고 소리를 질렀다. 손선호도 문상길과 같은 생각이었다.

"빨갱이를 찾는 게 아니라 빨갱이를 만들고 있습니다. 이러다가 제주도민 모두를 죽여야 하는 건 아닌지⋯⋯."

손선호가 고개를 파묻고 울었다. 두 사람은 서로에게, 그리고 자신에게도 답하지 못하는 질문만 할 뿐이었다.

　순욱과 진숙은 다시 산에 음식 나르는 일을 시작했다. 평화
협상이 깨진 것이나 다름없어 사람들은 다시 산으로 올라갔
다. 유격대와 조금이라도 알고 지내면 무조건 잡아간다는 소
문이 돌았다. 마을 사람들도 산속에 숨었다. 굴이 있으면 굴속
으로 들어가 숨었고, 나무와 풀로 숨을 곳을 만들었다. 진수가
음식 나르는 일을 하겠다고 했지만, 남자라서 위험하다며 진
숙이 말렸다. 진수는 뭐라도 하고 싶었다. 싸우고 싶었다. 그러
나 누나를 생각하면 섣불리 행동할 수 없었다. 마음속에서 불
길이 일었다.

　"외지인들을 믿을 수 없다게. 우리끼리 뭉쳐야 헌다."

　"우리 힘으로 제주를 지켜보게 마씸."

　사람들은 두려워했다. 그러나 나고 자란 섬을 지켜야 한다
는 마음은 같았다. 하지만 모두가 유격대 편은 아니었다. 일부
사람들은 유격대 때문에 다른 사람들도 못살게 되었다며 원망
을 했다.

　"김봉연은 잡히지도 않았잖아게? 김봉연을 안다는 거 때문
에 잡혀 간 사람이 수십 명인디. 이게 다 김봉연 때문이라."

　금악마을에서도 김봉연을 탓하는 사람이 늘어났다. 유격대
편을 드는 사람과 유격대 때문에 못살게 되었다고 주장하는

140

사람 사이에 싸움이 생기기도 했다. 말싸움이 주먹다짐으로 번지는 일도 종종 있었다. 한 다리만 건너면 아는 사람이고 친척인 제주 사람들이었다. 빨갱이, 공산주의, 유격대라는 말로 평화로웠던 그들 사이에 금이 가고 있었다. 순욱은 그런 사람들을 지켜보는 것이 힘들었다.

해방된 나라에서 동포끼리 총을 겨누는 현실에 눈물이 났다. 섬사람들 모두가 바다라는 창살로 둘러쳐진 감옥에 갇힌 것 같았다. 그 안에서 싸워 이겨야만 살아남을 수 있는……. 순욱은 하루빨리 이 싸움이 끝나길 바랐다. 그러나 어떻게 해야 이 싸움을 끝낼 수 있을지 모를 일이었다. 마을 사람들의 날 선 모습을 보는 진수도 마음이 괴로웠다. 상길에게 마음을 터놓고 이야기하고 싶었지만 벌써 며칠째 상길은 오지 않았다. 앞으로 어떻게 해야 할지 앞이 보이지 않는 어두컴컴한 곳에 갇힌 느낌이었다.

새 연대장이 부임했다. 미군정에서 인사국장으로 있던 사람이었다. 영어를 잘해 미군의 신임을 받고 있다고 했다. 다부진 체격의 박진경 중령은 부임하자마자 연대장실로 문상길과 손선호를 불렀다.

"너희가 전임 연대장 참모 역할을 했다고?"

"네, 그렇습니다."

문상길과 손선호가 대답했다.

"너!"

　박진경이 손선호를 가리켰다.

"하사 손선호!"

　박진경의 말과 행동에 두 사람은 긴장했다. 김익렬과는 인
상부터 달랐다.

"너는 내일부터 제주 길 안내를 맡아라. 내가 상황 파악을
해야 하니까 말이다. 그리고 너는 토벌대 중대장을 맡도록! 빨
갱이 한 놈이라도 더 잡아야 할 지금 한가하게 협상 놀음이나
하고 있었으니…."

　박진경은 문상길에게도 명령했다. 작전을 구상하는 참모가
아니라 토벌대라니, 문상길은 아무 말도 할 수 없었다.

"왜? 불만인가?"

"아닙니다."

"그리고 내일 연병장에서 취임식을 할 예정이다. 두 사람이
준비 좀 하도록. 나가 봐."

　일방적인 통보였다. 지금 상황에 취임식이라니 당치 않은
명령이었다. 그러나 어길 수 없었다. 연대장실을 나오는 문상
길과 손선호의 얼굴에 근심이 가득했다.

"나는 이 나라의 군인이다. 너희들도 마찬가지다. 내가 이곳

제주에 온 까닭은 우리나라의 독립을 방해하는 제주도 폭동 사건을 진압하기 위해서다. 이번 폭동 사건을 진압하고 우리 영토를 지키기 위해서라면 제주도민 30만 전체를 희생시켜도 무방하다."

박진경의 연대장 취임사였다. 연병장에 모인 병사들은 귀를 의심했다. 박진경의 취임사는 토벌 작전을 암시했다. 제주도민을 무조건 적으로 간주한다는 뜻이었다. 병사 중 많은 수가 섬사람들이었다. 형제자매들에게 총부리를 들이대라는 명령이었다. 연병장은 한숨 소리로 가득했다.

토벌 작전은 다음 날부터 시행되었다. 박진경은 중산간 마을에 중대 병력을 분산시켜 보냈다. 저항하면 무조건 사살하라는 명령이 떨어졌다. 문상길은 동쪽 지역을 수색했다. 해안 지역에서부터 한라산 쪽으로 올라가며 유격대를 색출하는 것이 임무였다. 중대원을 이끄는 중대장으로서 내키지 않는 임무였다.

"함부로 총을 쏘지 마라. 가능하면 생포하라."

문상길은 부하들에게 박진경의 명령과 반대되는 지시를 했다.

박진경은 손선호를 앞세워 마을을 돌아다녔다. 경비대가 나타나면 사람들은 산으로 도망쳤다. 도망치다 잡힌 사람들은 모아놓고 총을 쐈다. 박진경은 마을을 수색하던 중에 조금이라도 수상하면 총을 꺼냈다. 그리고 부하에게 "빨갱이다."라고 외쳤다. 총을 쏘라는 신호였다.

"연대장님, 이렇게 사람을 마구 죽이면…."

참다못한 손선호가 박진경을 말렸다.

"뭐야, 이 새끼가!"

박진경이 손선호에게 발길질했다. 손선호가 앞으로 고꾸라졌다. 넘어졌던 손선호가 일어섰다. 이번에는 주먹으로 손선호의 뺨을 때렸다. 옆에서 보고 있던 작전장교가 박진경을 말렸다. 분이 풀리지 않는지 박진경은 숨을 몰아쉬며 말을 뱉었다.

"너희가 김익렬 밑에서 이렇게 물러터지게 구니까 빨갱이들이 미쳐 날뛴 거 아냐! 빨갱이들과 협상이라니 그게 말이 되냐? 협상은 무슨 얼어 죽을. 빨갱이들은 뿌리까지 뽑아야 하는 거 몰라!"

박진경의 명령에 경비대 군인들은 중산간 마을을 누비고 다니며 사람들을 마구잡이로 잡아들였다. 처음에는 머뭇거리던 그들도 어느새 박진경을 닮아가고 있었다. 언제든 자신들도 빨갱이로 몰릴 수 있었다. 어디나 박진경의 눈이 따라다녔다.

박진경이 연대장이 되고 한 달이 지나자 잡혀 온 사람 수가 6,000명이 넘었다. 마을마다 절반 가까운 사람들이 잡혀갔다. 가족들의 울음이 끊이지 않았다. 경비대가 토벌 작전을 펼치자 서북청년단과 경찰은 경쟁하듯 사람을 죽이고 잡아들였다. 경찰과 서북청년단을 태운 트럭이 도로 곳곳을 달렸다. 트럭 한 대가 순욱과 진숙이 사는 금악마을로 향했다. 토벌 작전에 투입된 문상길은 그 사실을 전혀 알지 못했다.

이별, 그리고

트럭이 마을 공터에 멈춰 섰다. 최석기가 내리고 경찰들이 따라 내렸다.

"집 안을 샅샅이 뒤져라. 빨갱이들과 연락했다는 증거가 되는 물건이 있는지 찾아. 혹시라도 의심되면 모조리 끌어내."

금악마을 출신인 김봉연은 아직 잡히지 않았다. 유격대에서도 중책을 맡았을 텐데 잡히지 않은 것을 보면 뭔가 있는 게 틀림없다고 여겼다. 최석기는 마을 사람들이 그를 돕고 있다고 믿었다.

어린 시절, 김봉연과 최석기는 동무였다. 둘은 겉으로는 아주 친한 사이였다. 하지만 최석기는 김봉연이 미웠다. 김봉연은 공부도 운동도 자기보다 잘했다. 김봉연을 따르는 친구들이 많아질수록 미움은 점점 커졌다. 최석기는 일본 밑에서 경찰이 되었다. 그런 최석기에게 김봉연이 말했다.

"동포들을 괴롭히는 일은 허지 않길 바램져. 친구로서 하는 마지막 충고라이."

그 길로 김봉연은 오사카로 떠났다. 해방이 되자 돌아와 학

146

교 선생이 되었다. 그러더니 인민위원회 활동을 한다며 돌아다녔다.

"쳇! 지만 잘난? 니는 꼭 내 손으로 잡고 말거여."

최석기의 손짓에 따라 경찰이 집마다 방과 부엌을 뒤졌다.

진숙은 방 안에서 명수에게 젖을 먹이고 있었다. 명옥이는 마당에서 놀고 있었다. 순욱과 진수는 아침 일찍부터 어디 갔는지 집에 없었다. 갑자기 명옥의 울음소리가 들렸다.

"엄마아!"

진숙이 방문을 열어보니 경찰들이 부엌을 뒤지고 있었다.

"뭐 하는 거 마씸? 예?"

명옥이는 마당에 주저앉아 울고 있고, 경찰들은 장독까지 열어보며 뭔가 찾고 있었다.

"이 마을에 빨갱이들과 내통하고 있는 자가 있다는 걸 알고 왔다. 순순히 협조하지 않으면 가만 안 두겠다."

경찰이 으름장을 놓았다.

"이봐, 저 방도 뒤져봐."

경찰 한 명이 부하에게 명령했다. 명령을 받은 경찰이 방으로 들어가려고 했다. 순간 진숙은 옷장 속에 숨겨 둔 남편의 편지가 떠올랐다. 기욱이 죽은 뒤로 경찰에서 부르는 일은 없었다. 그러나 기욱이 보낸 편지가 발각되면 꼼짝없이 잡혀갈 것이었다. 진숙은 수만 가지 생각이 들었다. 어린 명옥이와 명수를 두고 자신이 잡혀간다면? 혹시 죽는다면? 생각도 하기 싫었다. 경찰관이 막 방 안으로 들어가려고 할 때 진숙이 경찰관 팔을 잡았다.

"잠깐만예. 아이가 아직 어리우다. 아이 좀 데리고 나올게에."

진숙은 방으로 들어가서 누워 있는 명수를 살짝 꼬집었다. 명수가 '으앙!' 하며 울음을 터트렸다.

"아이고, 우리 명수, 무사 울멘? 울지 말라. 뚝! 엄마가 이거 주켜."

진숙은 옷장 안에서 순욱이 만들어 준 헝겊 인형을 꺼냈다. 인형을 꺼내며 기욱의 편지도 같이 꺼냈다. 그러고는 치마 속으로 슬쩍 손을 집어넣었다. 속옷 안에 편지를 감춘 뒤 명수를 안고 나왔다. 경찰관이 방 안으로 들어가 이불과 옷장을 뒤졌다.

"아무것도 없습니다."

"잘 찾아본 거야?"

"네. 옷장이고 이불이고 다 뒤졌습니다."

경찰이 방에서 나왔다. 밖에 서 있던 경찰이 명수를 안고 있는 진숙을 노려보며 말했다.

"안심하긴 아직 일러. 언제고 우리가 지켜보고 있다는 걸 명심하라고."

그 말을 남기고 경찰들은 다른 집으로 갔다. 진숙은 그제야 명옥이 눈에 들어왔다. 편지를 숨기느라 마당에 넘어진 아이를 그냥 둔 것이다.

"명옥아, 어떵 안 해시냐?"

진숙은 명수를 마루에 눕히고 명옥을 끌어안았다. 명옥이 엄마 품에서 울었다. 무슨 영문인지 모르는 명수도 큰 소리로 울음을 터트렸다. 진숙도 목 놓아 울었다. 통곡이라도 해야 이 억울하고 두려운 시간이 지나갈 것 같았다.

순욱은 산속 깊이 들어갔다. 지난번처럼 약속된 장소에 밥을 놓아둘 수 없었다. 경찰과 경비대, 서북청년단이 어디에 숨어 있을지 몰랐다. 바구니도 이고 갈 수 없었다. 옷 안과 주머니에 주먹밥을 숨겼다. 순욱은 호미와 보퉁이를 들고 산에 올랐다. 혹시라도 누굴 마주치면 산나물을 뜯으러 가는 것처럼 보이기 위해서였다. 자꾸만 산에 가는 순욱을 진숙이 말렸다. 진수도 지금은 집에 있는 게 좋겠다며 순욱에게 가지 말라고 했다.

"누나, 지금은 시기가 안 좋아 마씸. 집에 있는 게 좋으쿠다."

"그럼 산 사람들 다 굶어 죽어. 뭐라도 먹어야 싸울 거 아니."

순욱의 마음을 돌릴 방법이 없었다. 두 사람은 더는 말리지 않았다. 그저 조심해서 다녀오라는 말밖에 할 수 없었다. 진수는 자기 대신 순욱이 위험한 일을 하는 것 같아서 마음이 편치 않았다.

순욱은 산길을 한참 동안 걸었다. 가파른 오르막을 올랐다. 숨이 차올랐지만 계속 올랐다. 잠시 멈춰 선 순욱이 주위를 둘러보더니 어디론가 사라졌다. 나뭇가지로 덮어놓은 동굴 입구로 들어선 것이다. 동굴 안으로 한참 들어간 순욱이 안쪽을 향해 작은 소리로 말했다.

"삼춘, 주먹밥 가지고 왔수다."

곧 한 사내가 작은 횃불을 들고 나타나 주먹밥을 받아들었다.

"순욱이구나. 고맙다이."

"어떵 잘 지냄수광?"

순욱의 물음에 사내는 한숨을 내쉬었다.

"나가민 어차피 죽을 목숨 아니가? 어떵할거라. 여기서 버티는 데까진 버텨봐사주."

"몸조심 합서."

"순욱이 니도 조심행 가라이."

사내는 주먹밥을 들고 더 깊은 굴속으로 들어갔다. 순욱은 사내에게 눈인사하고 왔던 길을 되돌아 나왔다. 굴을 빠져나온 순욱은 내려오며 이것저것 나물을 닥치는 대로 뜯어 보퉁이에 넣었다. 보퉁이가 비어 있으면 오해를 살 수 있었다.

'상길 씨는 잘 지냄신가?'

문득 상길 생각이 났다. 상길은 토벌 작전에 투입되고, 자신
은 유격대를 돕고 있는 현실이 안타까웠다. 순욱이 한숨을 몰
아쉬고 다시 길을 재촉했다.

"거기 뭐야?"

막 숲을 벗어난 순욱은 걸음을 멈췄다. 경찰복을 입은 사람
셋이 순욱에게 총을 겨눴다.

"왜 산에서 나와? 이리 와!"

경찰 중 한 사람이 손짓으로 순욱을 불렀다. 순욱은 어쩔 수
없이 경찰들이 있는 곳까지 걸어갔다.

"산에는 무슨 일로 갔다 오는 거야?"

"나물 캐러 갔다 왐수다."

"나물? 지금 한가하게 나물이나 캐러 다닐 때야?"

"그럼 어떻해 마씸? 굶어 죽으란 햄수광? 뭐라도 먹어야 살
거 아니우꽈."

옆에 있던 경찰이 순욱의 보퉁이를 뒤졌다. 간혹 먹지 못하
는 풀이 섞여 있었지만, 대부분은 먹을 수 있는 것이었다.

"정말 나물 캐러 다녀오는 모양입니다. 그냥 보낼까요?"

좀 전에 보퉁이를 뒤지던 경찰이 다른 경찰에게 물었다.

"혹시 모르니까 끌고 가!"

경찰 둘이 순욱의 양쪽에서 팔을 잡았다.

"이거 놉서. 난 군인 가족이우다. 남편이 9연대 문상길 중위

마씸.”

“뭐? 군인 가족? 그걸 믿으라고?”

순욱이 오른팔을 잡은 경찰을 뿌리치며 옷 속에 손을 집어 넣었다. 상길이 주고 간 군인 가족이라는 증명서를 꺼내려 했다. 그러나 옷 속에는 아무것도 없었다. 다시 찾아봤지만 없었다. 잘 때도 늘 지니고 있던 증명서가 없어진 것이다. 당황한 순욱은 말을 더듬었다.

“지…, 지금 우리 나…, 남편도 토벌 작전 허느라 며칠째 집에 못 오고 있단 말이우다.”

순욱의 말에 경찰은 코웃음을 쳤다.

“쳇! 군인 가족 좋아하시네. 뭐 해? 빨리 끌고 가. 네 남편이 진짜 경비대 중위면 데리러 오겠지.”

경찰 둘이 양쪽에서 순욱의 팔을 잡았다. 그 바람에 보퉁이가 바닥에 떨어져 뒹굴었다. 이름 모를 풀들이 바닥에 흩어졌다. 순욱은 끌려가지 않으려고 버텼지만, 경찰 두 사람을 힘으로 이길 수 없었다.

“우리 남편 오민 당신들 가만 안 둘 거라. 이거 놔. 이거 놓으라고.”

말은 그렇게 했지만, 순욱은 모든 것이 끝났다고 생각했다. 늘 지니고 다니던 증명서를 어디 두고 왔는지 알 길이 없었다. 순욱이 끌려간 것을 상길은 알지 못할 것이다. 상길이 안다고 해도 풀려나지 못할 수도 있었다. 죄가 있어서 잡혀가는 것이 아니라 잡혀가면 죄가 생기는 것이 현실이었다. 순욱은 체념한 듯 경찰에게 끌려가고 있었다. 그때 마을 쪽에서 순욱을 부르는 소리가 들렸다.

"누나!"

진수였다. 진수가 끌려가는 순욱을 보고 달려오고 있었다. 순욱은 진수를 향해 눈짓했다. 오지 말라고. 오면 너도 잡혀간다고. 하지만 진수는 달리기를 멈추지 않았다.

"이봅서. 우리 누나한티 무사 영 햄수광?"

"넌 또 뭐야? 죽고 싶어 환장했어?"

경찰이 진수를 막아서며 소리쳤다. 진수는 경찰 앞에 종이를 내밀었다. 상길이 주고 간 군인 가족 증명서였다. 순욱이 집을 나간 후 방에 떨어진 걸 진수가 발견했다. 혹시 무슨 일이 생기면 어쩌나 하는 마음에 진수가 순욱을 찾아 나선 것이다.

"누나, 매형 완(왔어). 누나 어디 갔냐고 해서 나물 캐러 갔다고 허난, 위험헌디 나물은 무신 나물이냐고…."

말을 마친 진수가 왔던 길을 되돌아보더니 마을 쪽을 향해 소리를 질렀다.

"매형, 누나 여기 이수다. 근데, 지금 경찰들이 누나를 잡고 이서 마씸. 매형, 빨리 와봅서."

진수가 손짓까지 하며 마을을 향해 큰 소리로 말했다. 경찰들이 진수와 순욱을 번갈아 봤다.

"뭐야? 진짜야? 이봐, 빨리 풀어주라고. 괜히 문제 만들지 말고."

서둘러 순욱을 풀어준 경찰이 재빨리 걸음을 옮겨 산속으로 사라졌다. 경찰이 멀어지고 나서 순욱과 진수는 깊은숨을 몰아쉬었다.

"누나, 큰일 날 뻔 해수다."

"고마워. 진수야."

진수가 아니었으면 어찌 되었을지 생각하니 진수가 더 고맙게 느껴졌다. 사돈 사이였지만 오누이처럼 정이 쌓여가는 두 사람이었다. 굴에 숨어있는 사람들에게 먹을 것을 가져다주는 일도 이제 못하게 되는 것일까? 감시가 너무 심했다. 자신은 진수 덕분에 살았지만 이러다가 굴에 있는 사람들 모조리 굶어 죽을까 봐 걱정이었다.

제주 지리를 잘 안다는 이유로 손선호는 박진경이 가는 곳마다 같이 다녀야 했다. 박진경은 자기 마음에 안 들면 무조건 죽였다. 집마다 돌아다니며 20대에서 40대 남자가 있으면 밖으로 끌어내 총을 쐈다. 저항하면 빨갱이라고 총을 쐈고, 아무 말도 없으면 유격대와 내통했다고 총을 쐈다.

"아방! 아방!"

열 살쯤 되어 보이는 아이가 길가에서 죽은 아버지를 흔들며 울고 있었다. 그 모습을 본 박진경이 피식 웃었다. 그리고 허리춤에서 권총을 빼 들었다. 죽은 아버지 옆에서 울고 있는 아이에게 총을 겨눴다.

"연대장님, 제발 이러지 마십시오."

손선호는 자신이 또 맞더라도 아이는 구해야겠다고 생각했다. 총을 든 박진경의 손을 잡았다. 박진경이 팔을 흔들어 손선호의 손을 빼내더니 권총으로 손선호의 얼굴을 후려쳤다. 머리에서 피가 주르륵 흘렀다.

"어리다고 봐주면 저게 커서 빨갱이가 되는 거 몰라? 죽여도 죽여도 계속 나오는 버러지 같은 놈들."

"탕!"

박진경이 말을 마치자마자 총성이 울렸다. 아이가 제 아비배 위로 풀썩 쓰러졌다. 박진경은 아무 일도 없었다는 듯 자리를 떴다. 손선호의 얼굴에는 피보다 더 진한 눈물이 흘렀다. 손선호는 이를 악물었다.

"아아아아악!"

손선호는 자리에 주저앉아 소리를 질렀다. 그렇게라도 안하면 미쳐버릴 것만 같았다.

이렇게 아무 잘못도 없는 사람들을 죽게 둘 수는 없었다. 학살을 멈추게 할 방법은 하나밖에 없었다. 손선호는 문상길을 떠올렸다. 문상길은 손선호를 볼 때마다 박진경을 이대로 두어서는 안 된다고 말했다. 문상길을 만나야 했다. 그날 밤, 손선호는 문상길을 찾아갔다.

"손 하사, 무슨 일이야?"

손선호는 문상길의 얼굴을 보자 눈물부터 흘렸다. 손선호는 한참을 말없이 울었다. 그런 모습은 처음이었다.

"무슨 일인지 말을 해봐."

손선호가 울음을 삼키고 말을 했다.

"연대장은 미쳤습니다. 죽은 아버지 옆에서 울고 있는 아이를 보고 빨갱이라며 총을 쐈습니다. 저, 더는 여기 못 있을 것 같습니다. 도망치고 싶습니다."

"이런 개만도 못한⋯⋯."

손선호의 말을 들은 문상길이 주먹 쥔 손을 부르르 떨었다. 박진경의 미친 짓을 더 이상 그냥 두고 볼 수는 없었다.

사람을 향해 총 쏘는 일에 아무런 죄책감도 느끼지 못하는 병사들을 볼 때마다 가슴이 찢어지는 것 같았다. 두 사람은 한참 동안 말없이 앉아있었다. 그때 문을 두드리는 소리가 났다. 잠시 후 두 사람이 문 중위 숙소에 들어왔다. 문 중위가 중대장으로 있는 3중대 하사 두 명이었다.

"중대장님, 사람 죽이는 일 그만하고 싶습니다."

두 사람 눈이 붉어졌다. 젊은 군인 네 사람은 한참을 말없이 있었다.

문상길은 뭔가 결심한 듯 세 사람에게 가까이 오라고 손짓했다.

"방법은 하나뿐이다."

문상길은 그동안 마음에 품고 있던 계획을 세 사람에게 말했다. 문상길의 생각은 무척이나 위험한 것이었다. 실패하면 목숨을 내놓아야 했다. 성공한다고 해도 살아남을 수 없는 일이었다. 방에 모인 세 사람 모두 문상길을 따르겠다고 다짐했다. 뜻을 같이할 사람이 더 있을 것이라고 했다.

며칠 후, 경비대 식품 창고 희미한 전등 아래 아홉 명이 모여 앉았다.

"좋다. 모두 목숨을 걸어야 한다. 우리 이름은 역사에 반역자로 남을 것이다. 그래도 함께 하겠나?"

문상길이 오른손을 내밀었다. 손선호가 그 위에 자기 손을 얹었다. 다른 군인들도 차례차례 손을 얹었다.

"손선호 하사, 양회천 이등상사, 신상우 하사, 강승규 하사, 배경용 하사, 이정우 하사, 황주복 하사, 김정도 하사! 고맙다, 동지들!"

문상길이 한 사람 한 사람 이름을 불렀다. 그리고 힘주어 말을 이었다.

"더는 인민을 죽이는 군인이 되어서는 안 된다. 우리 목숨을 바치더라도."

그들이 선택한 날은 3일 후인 6월 18일이었다. 그날은 박진경 대령의 진급 축하연이 예정되어 있었다.

다음 날, 상길은 순욱의 집을 찾아갔다. 마지막이 될지도 모를 만남이었다. 상길은 순욱을 처음 만났던 날을 떠올렸다. 군복을 입은 자신을 보고 전혀 떨지 않고 당당하게 말하던 순욱을 떠올리자 웃음이 나왔다. 상길은 순욱과 결혼하고 싶었다. 낯선 제주에 처음 왔을 때는 하루라도 빨리 이 섬을 떠나고 싶었다. 하지만 순욱을 알게 되고 제주가 좋아졌다. 알아듣기 어려운 제주 말도 이제는 정겨웠다.

"어? 상길 씨!"

마당에서 빨래하던 순욱이 상길을 먼저 발견하고 알은체를 했다.

"이게 얼마만이우꽈. 잘 지낸 마씸?"

"저야 잘 지내죠. 순욱 씨, 혹시 누가 와서 괴롭히거나 해코지하지 않았어요?"

상길의 표정이 어두웠다. 무슨 일이 있는 것 같았다. 상길의 마음을 풀어주려고 순욱은 일부러 환하게 웃었다.

"상길 씨가 주신 증명서 덕분에 잘 지내고 이수다. 효과가 꽤 이서 마씸."

상길이 말없이 고개를 끄덕였다. 순욱을 물끄러미 바라보던 상길이 어렵게 입을 열었다.

"순욱 씨!"

상길이 가라앉은 목소리로 순욱을 불렀다. 순욱은 심상치 않은 분위기를 느꼈다. 상길이 순욱에게 종이 다섯 장을 내밀었다.

"내일 아침 모슬포에서 떠나는 배를 타십시오."

상길이 내민 것은 오사카로 가는 배표였다.

"배 말이우꽈?"

"네. 내일이면 군인과 경찰이 집으로 찾아올지도 모릅니다. 그 전에 떠나셔야 합니다."

순욱의 눈빛이 두려움에 떨렸다.

"상길 씨, 도대체 무신 일 하젠 햄수광?"

"순욱 씨, 이대로 두면 섬 사람들 모두 죽고 맙니다. 그럴 수는 없어요. 저는 군인입니다. 인민을 지켜야 하는 군인 말입니다."

상길은 단호했다. 결심이 선 표정이었다. 순욱은 그 결심이 무엇이든 말려야겠다고 마음먹었다.

"상길 씨, 그 일 안 하면 안되 마씸? 상길 씨도 위험해지는 일이잖아 마씸."

"너무 걱정 마세요. 저도 일 마치는 대로 따라갈게요. 먼저

가 계시면 제가 곧 갈게요. 오사카에는 제가 미리 연락해두었습니다. 도착하면 마중 나온 사람이 있을 겁니다. 그 사람 따라가시면 됩니다."

상길은 오사카에 있는 아는 사람에게 순욱과 가족을 안내해달라고 부탁하는 전보를 보냈다. 하지만 곧 따라가겠다는 말은 거짓이었다. 상길은 다섯 식구 배표만 사두었다. 자신이 하려는 일은 순욱과 식구들도 위험하게 하는 일이었다. 자신 때문에 순욱의 가족까지 위험에 빠지게 할 수는 없었다.

순욱이 불안한 눈빛으로 상길을 바라봤다. 상길이 순욱의 손을 잡았다. 순욱의 눈에서는 눈물이 멈추지 않았다. 상길은 꼭 오겠다고 말했지만 그 약속을 지킬 수 있을지는 알 수 없는 일이었다.

"순욱 씨, 걱정 마세요. 먼저 가 계시면 곧 따라간다니까요. 제 말 믿으세요."

상길이 그만 가야 한다며 일어섰다. 상길은 문 앞에 서 있던 진수와 눈이 마주쳤다. 두 사람의 이야기를 다 들은 얼굴이었다.

"삼촌!"

진수가 상길을 부르더니 더 이상 말을 잇지 못했다. 상길이 진수에게 다가가 어깨에 손을 올렸다. 상길의 손에 힘이 들어갔다.

"진수야, 걱정 마. 곧 만날 거야. 그동안 누나와 순욱 씨 잘 부탁한다."

"삼춘, 진짜 오는 거지에? 약속 꼭 지키는 거 맞지에?"

상길은 말없이 고개만 끄덕였다. 상길은 서둘러 차를 타고 떠났다. 진수는 상길이 떠난 길을 한참이나 바라봤다.

"야! 오늘은 저녁때까지 쉬어도 좋다."

박진경이 들뜬 목소리로 손선호에게 말했다. 큰 은혜라도 베푸는 듯했다. 박진경은 연대장으로 부임한 지 27일 만에 대령으로 승진했다. 초토화 진압 작전을 성공적으로 수행했다는 공을 인정받은 것이었다. 미군정 장교들과 박진경을 따르는 참모들이 참석하는 축하연이 예정되어 있었다. 박진경은 저녁에 잔치를 즐기기 위해 낮에는 숙소에서 쉬겠다고 했다.

연대장실을 나온 손선호가 문상길을 찾아왔다.

"오늘 축하연에 제가 운전할 것입니다. 문 중위님은 연대장 숙소에서 준비하고 계시면 됩니다. 다른 동지들도 모두 준비를 마쳤습니다."

손선호는 동지라는 말을 썼다. 한뜻으로 뭉친 사람들이었다.

"손 하사, 고맙다. 우리 이름은 반역자로 남겠지만, 사람들을 살리는 길은 이것뿐이다."

박진경이 대령 계급장을 만지며 기뻐 웃고 있을 때 문상길과 손선호는 반역의 시간을 준비하고 있었다.

축하연까지 두 시간가량 남았다. 손선호는 차를 몰고 급히 어디론가 향했다. 문상길에게도 말하지 않고 나오는 길이었다. 시간이 얼마 없었다. 하지만 꼭 다녀올 곳이 있었다.

어느새 축하연 장소로 출발할 시간이 다 되었다. 손선호는 박진경을 태우고 제주 읍내에 있는 요정에 도착했다. 옥성정이란 간판이 보였다. 언뜻 보기에도 최고급 술집이었다. 박진경은 당당하게 2층 식당으로 올라갔다. 손선호는 그런 박진경의 뒷모습을 가만히 바라보고 있었다. 손선호의 옆에는 김정도 하사가 함께였다. 축하연에 참석할 다른 장교들을 태우고 온 것이다.

축하연이 길어지고 있었다. 열두 시를 넘긴 시간인데도 식당 안에서는 웃음소리가 끊이지 않았다. 손선호는 제주도를 피로 물들인 자들이 모여 낄낄거리는 소리를 듣고 있자니 구역질이 올라왔다.

'그렇게 마음껏 즐겨라. 남은 시간을 말이다.'

"야! 출발해."

박진경은 술에 취해 몸도 잘 가누지 못했다. 손선호, 김정도가 부축해서 간신히 차에 올랐다. 손선호가 운전대를 잡았다. 김정도가 박진경이 탄 뒷문을 닫으려고 할 때였다.

"멀리 갈 것 없다. 읍내 숙소로 가."

손선호의 표정이 어두워졌다. 문상길은 지금 모슬포에 있는 연대본부에서 대기 중이었다. 다른 동지들도 모두 거기 있었다. 9연대는 처음 모슬포에 창설되었지만, 정보대대, 군기대대 등은 제주읍에 있었고, 곳곳에 병력을 배치하기 위해 부대들이 여러 곳에 나뉘어 위치했다. 손선호가 김정도에게 눈짓을 했다. 손선호는 자기 뜻을 김정도가 알아챘기를 간절히 바랐다.

손선호는 읍내에 있는 연대장 숙소로 차를 몰았다. 이 사실을 모르는 문상길은 지금쯤 연대본부에 있는 숙소에서 기다리고 있을 것이었다. 잘못하면 일을 망칠 수 있었다. 읍내 부대에 있는 연대장 숙소에 도착했다. 방문을 열고 침대에 박진경을 눕혔다. 손선호는 잠시 밖으로 나왔다. 일단 기다리기로 했다. 혼자서도 할 수 있지만, 문상길을 기다렸다. 김정도가 문상길을 데리고 오길 바랐다.

축하연에 같이 참석했던 장교들을 태운 김정도의 차가 빠르게 달렸다. 다행히 김정도는 손선호의 생각을 알아챘다. 참모들을 숙소에 데려다준 김정도는 문상길에게 이 사실을 알렸다. 문상길은 김정도와 함께 차에 올랐다. 김정도가 왔던 길을 되돌아 차를 몰았다.

손선호는 초조했다. 벌써 3시였다. 여름이라 해가 빨리 뜬다. 해가 뜨기 전에 일을 마쳐야 한다. 일을 마치고 문상길을 모슬포로 보내야 한다. 그 일은 김정도가 맡기로 했다. 문상길이 순욱 때문에 고민하는 모습을 봤다. 일을 마치는 대로 문상길을 보낼 생각이었다. 그래서 배표도 미리 준비해 두었다.

3시 5분, 손선호는 더 기다리면 안 될 것 같아서 연대장 숙소 방문을 열고 들어갔다. 박진경은 술에 취해 대자로 뻗어 자고 있었다. 손선호는 M1 소총을 집어 들었다.

"아가씨, 난 여기 있어야쥬."

"언니, 같이 가게 마씸. 여긴 위험해 마씸. 상길 씨가 같이 가라고 배표도 줬잖아 마씸."

"뭐가 위험해우꽈. 여기 진수가 이렇게 든든하게 지켜주는디. 그리고 명옥이, 명수 아방도 여기 있고."

진숙이 진수와 순욱을 번갈아 보며 웃었다. 웃고 있었지만 슬픔이 가득한 얼굴이었다. 순욱에게서 상길이 한 말을 들은 진숙도 일본으로 떠나야 하는 것은 아닐지 고민했다. 하지만 남편이 있는 이곳을 떠날 수는 없었다.

"아가씨, 가서 문 중위님하고 행복허게 삽서. 이렇게 마음 졸이멍 살지 말고 마음 편허게 말이우다. 문 중위님 사랑도 많이 받고."

진숙은 잠시 말을 멈췄다. 순욱의 손을 당겨 꼭 잡았다.

"혼례를 못 올려줭 나가 미안해에."

"언니!"

순욱의 볼을 타고 눈물이 흘렀다. 진숙이 옷자락으로 눈물을 닦아 주었다. 진숙은 순욱이 행복하길 바랐다. 문 중위라면 순욱을 행복하게 해줄 것이라고 굳게 믿었다.

"누나, 가서 행복하게 살아야 되에."

진수도 헤어지는 게 서운한지 눈 주위가 촉촉해졌다.

그렇게 순욱은 혼자 모슬포로 떠났다. 상길을 만나러 가기 위해 또 다른 이별을 해야 했다. 모슬포에 도착한 순욱은 여관 방을 잡았다. 아침 7시 배라 해가 뜨는 대로 항구로 갈 생각이었다. 일찍 잠자리에 들었지만 잠이 오지 않았다. 순욱은 누워 여관방 천정만 바라보고 있었다. 상길이 하려는 일은 무엇일까? 상길이 무사히 오사카로 올 수 있을까? 끝까지 고집을 부려 진숙과 진수 그리고 조카들을 데리고 왔어야 하는 것은 아닌가? 여러 가지 생각에 잠을 이룰 수 없었다.

손선호가 박진경을 향해 총을 겨눴다. 이제 박진경을 깨워야 했다. 무자비한 살인마를 편하게 죽게 할 수는 없었다. 손선호가 입을 열었다.

"박진…."

그때 방문이 열렸다. 문상길이었다.

"문 중위님!"

"늦어서 미안하다."

손선호 눈에 눈물이 고였다. 혼자 두려웠던 마음이 녹아내렸다. 문상길이 손선호를 보며 웃었다. 손선호도 웃었다.

"도민의 적, 박진경!"

문상길이 소리쳤다. 깊은 잠을 자는지 박진경은 꿈틀거리기만 할 뿐 잠에서 깨지 않았다. 문상길이 자는 박진경의 멱살을 쥐었다. 그제야 잠에서 깬 박진경이 깜짝 놀랐다.

"너, 너희들 뭐야! 무슨 일인데 여길!"

호통을 치던 박진경은 손선호 손에 들린 총을 봤다.

"이…, 이 자식들이 지금 무슨 짓이야?"

"수많은 사람 목숨과 바꾼 그 계급장이 그렇게도 자랑스럽더냐?"

"빠, 빨갱이 잡아들이는 것이 국가에 충성하는 군인의……."

문상길이 박진경의 말을 끊었다.

"잘 들어라. 네놈이 살아있는 한, 이 섬사람들은 하루도 마음 편히 살 수 없다. 오늘 우리가 총을 든 것은 더는 무고한 인민이 죽어 나가는 일을 막기 위해서다. 널 죽이고 나면 우리도 곧 따라가겠다. 조금 먼저 가는 것이니 너무 억울해하지 마라."

문상길이 말을 마치자 박진경이 무슨 말인가 하려고 몸을 일으키며 손을 허우적거렸다. 그때 손선호가 방아쇠를 당겼다.

"탕!"

6월 18일 새벽 3시 15분, 손선호의 총에 박진경이 쓰러졌다.

"손 하사, 빨리 여기서 나가."

문상길이 손선호에게 손을 내밀었다. 총을 달라는 뜻이었다. 손선호는 총을 잡은 손에 힘을 주며 고개를 저었다.

"문 중위님, 밖으로 나가 모슬포로 가십시오."

"무슨 소리야? 모슬포라니?"

손선호가 배표를 내밀었다. 오사카로 가는 배였다.

"야! 손 하사!"

"아마 지금 형수님 가족 모두 문 중위님을 기다리고 있을 것입니다. 뒷일은 제가 책임지겠습니다."

며칠 전, 문상길의 책상에서 배표를 본 손선호는 문상길의 계획을 짐작했다. 손선호는 축하연에 가기 전 모슬포항에 다녀왔다. 오사카로 떠나는 배표를 샀다. 순욱의 가족이 타고 떠날 배와 같은 배였다.

"너 미쳤어? 이 일은 내가 주동자다. 끝까지 함께한다. 나는 군인이다. 내 명예를 더럽히는 짓은 하지 않는다."

"하지만 형수님이 기다리십니다. 제발 제 마지막 부탁을 들어주십시오."

손선호는 문상길을 살리고 싶었다. 늘 부하들을 사랑으로 품어주는 문상길을 보며 전우애를 넘어 형제애를 느꼈다. 총은 자신이 쐈으니 혼자서 한 일이라고 하면 될 것이었다. 상관을 살해하고 살아남을 수는 없었다. 잠시 생각하던 문상길은 박진경이 쓰러져있는 침대로 가더니 경례를 했다.

"문 중위님, 제발. 제발 빨리 여길 피하십시오."

그러나 문 중위는 꼼짝도 하지 않았다.

"손 하사, 우리 당당해지자. 선호야, 우린 동지다. 끝까지 함께하자."

"문 중위님!"

손선호가 문상길의 얼굴을 쳐다봤다. 절대 이곳을 떠나지 않겠다는 표정이었다. 손선호도 더는 말이 없었다.

순욱은 이부자리를 정리하고 짐을 챙겨 여관을 나섰다. 아직 날이 밝으려면 더 있어야 하지만 잠도 오지 않고, 항구에 가서 상길을 기다릴 생각이었다.

군기대 병사들이 들이닥쳤다. 두 사람은 그 자리에서 체포되어 군기대로 끌려갔다.

"박 대령을 암살하고 도망갈 기회도 있었으나 그러지 않았다. 30만 도민을 위한 일이었으니까. 나 하나의 생명이 30만 도민을 위한 것이며 3천만 민족을 위한 것인 만큼 달게 처벌받겠다."

조사를 받으며 손선호는 당당하게 이야기했다. 군기대장이 손선호의 얼굴을 향해 주먹을 날렸다. 군기대장은 화가 나서 으르렁거렸지만, 손선호는 웃었다. 서서히 날이 밝아오고 있었다.

아침 7시, 모슬포항에서 배가 출발했다. 멀어지는 배에서 하얀 포말이 일었다. 떠나는 순욱을 섬이 잡는 것만 같았다. 그 시간, 진수는 아침 이슬을 헤치며 산으로 향했다. 언덕에 올라 뒤돌아 집을 바라봤다. 누나와 조카들을 두고 산으로 가는 마음이 착잡했다. 하지만 경찰과 서청이 두려워 덜덜 떨며 시간을 보낼 수만은 없었다.

한편 진숙은 이른 새벽에 진수의 방문이 열리는 소리를 들었다. 진수가 어디 가는 것인지 알 것 같았다. 진숙은 진수가 어떤 마음에서 결정한 것인지 짐작할 수 있었다. 그래서 진수를 잡을 수 없었다. 잠든 명옥이와 명수 가슴께를 토닥일 뿐이었다. 기욱이 집을 떠나던 그날처럼.

풀잎마다 맺혔던 이슬이 진수의 걸음에 바닥으로 떨어졌다. 이슬은 마치 섬의 눈물 같았다. 이슬이 진수의 바짓단을 흠뻑 적시고 있었다.

또 다른 종성

　문상길과 손선호, 그리고 함께 한 사람들은 군사 재판에 넘겨졌다.

　"이 법정은 미군정 법정이며, 미군정 장관 딘 장군의 총애를 받던 박진경 대령의 살해범을 재판하는 사람들로서 구성된 법정이다. 우리가 군인으로서 자기 직속상관을 살해하고 살 수 있으리라고 생각하지 않는다. 우리는 죽음을 결심하고 행동한 것이다. 재판장 이하 전 법관도 모두 우리 민족이기에 우리가 민족 반역자를 처형한 것에 대해서는 공감을 가질 줄로 안다. 우리에게 총살형을 선고하는 데 대하여 민족적인 양심 때문에 대단히 고민할 것이다. 그러나 그런 고민은 할 필요가 없다. 우리는 이 법정에 대하여 조금도 원한을 가지지 않는다. 안심하기 바란다. 박진경 연대장은 먼저 저세상으로 갔고, 수일 후에는 우리가 간다. 그리고 재판장 이하 모든 사람도 저세상으로 갈 것이다. 그러면 우리와 박진경 연대장과 이 자리에 참석한 모든 사람이 저세상 하느님 안에서 만나게 될 것이다. 이 인간의 법정은 공평하지 못해도 하느님의 법정은 절대적으로 공평

하다."

문상길이 법정에서 최후진술을 마쳤다. 문상길은 옆에 앉은 손선호를 바라보았다. 밧줄로 묶인 문상길의 두 손이 손선호 손을 덮었다. 문상길이 고개를 끄덕였다. 손선호가 울먹이며 입을 열었다.

"형."

문상길이 고개를 들었다.

"이렇게 불러보고 싶었어요. 죄송합니다. 문 중위님."

손선호를 바라보는 문상길의 얼굴에 희미하게 미소가 번졌다.

"선호야. 우리 당당하게 하늘나라로 가자."

손선호가 문상길을 바라보며 고개를 끄덕였다. 문상길은 손선호를 꽉 안아주고 싶었지만 두 팔이 묶여 있어 그럴 수 없었다. 두 사람에게 사형 선고가 내려졌다. 죄명은 상관 살해였다. 재판이 끝나고 두 사람은 육지로 이송되었다.

언니, 저는 여기에서 식당에 취직했수다. 몸은 힘들지만, 마음은 편해 마씸. 아직 상길 씨는 오지 않았수다. 일을 마치는 대로 온다고 해시니 언제든 오겠지에. 그때까지 기다리젠 햄수다. 언니, 명옥이와 명수도 잘 지내지에? 진수가 있어서 걱정은 덜 되는디, 혹시라도 진수가 산사람들 만나지 않게 언니가 말

좀 잘 해줘서에. 맨날 걱정 됨수다. 월급 받은 것 조금 보냄수다. 혹시 상길 씨가 집에 찾아오거든 무사 안 왐신지 좀 물어봐줍서.

순욱이 진숙에게 보낼 편지를 썼다. 내일은 식당 쉬는 날이니 편지를 부치러 가야겠다고 마음먹었다. 순욱은 그렇게 오사카에서 홀로 가을을 맞고 있었다.

컴컴한 감방 안, 모두 잠들었는지 숨소리만 고요하게 들렸다. 상길은 잠들지 못하고 벽에 기대앉았다. 작은 창으로 달이 보였다. 상길은 달을 보며 생각에 잠겼다.

'순욱 씨, 반역자의 아내라는 이름으로 평생을 사시게 할 수는 없었습니다. 저를 잊으시고 부디 행복하게 사세요.'

1948년 9월 23일, 경기도 수색에 있는 야산에 총을 든 군인들이 한 줄로 섰다. 멀지 않은 거리에 두 사내가 나무 기둥에 묶여 있었다.

"문상길, 손선호! 상관 살해 혐의로 군사법원에서 사형이 선고되었다. 이에 따라 오늘 사형을 집행한다. 마지막으로 할 말이 있는가?"

문상길이 입을 열었다.

"스물두 살의 나이를 마지막으로 나 문상길은 저세상으로 떠나갑니다. 여러분은 한국의 군대입니다. 매국노의 단독정부 아래서 미국의 지휘하에 한민족을 학살하는 한국 군대가 되지 말라는 것이 저의 마지막 염원입니다. 이제 여러분과 헤어져 떠나갈 사람의 마지막 바람을 잊지 말아 주십시오."

문상길이 말을 마치자마자 총성이 울렸다.

두 사람은 대한민국 정부수립 이후 사형 집행 1호로 역사에 기록되었다. 문상길 22세, 손선호 20세였다.

작가의 말

제주의 아름다운 자연이 누군가의 죽음을 품고 있다는 사실을 안 순간, 제 눈엔 제주의 자연이 마냥 아름답게 보이지만은 않았습니다. 우뚝 솟은 한라산에도 바닷가 작은 돌에도 눈물 자국이 보였습니다.

이 이야기는 1948년 6월 18일 두 군인이 상관을 암살한 사건이 씨앗이 되었습니다.

'죽을 줄 뻔히 알면서 그들은 왜 상관을 암살해야 했을까?'

누군가의 잘못을 들춰내기 위해, 문상길 중위와 손선호 하사의 행동을 변호하기 위해 글을 쓴 것이 아닙니다. 자신이 왜 죽어야 하는지도 모른 채 죽어간 분들을 위해, 그리고 아픈 역사를 품고 사는 우리 모두를 위해 이 글을 썼습니다.

어린아이들이 차가운 바다에서 죽창에 찔려 죽어가는 이야기를 쓴 날이 떠오릅니다. 저녁 밥상을 앞에 두고 숟가락을 들다가 갑자기 눈물이 났습니다. '그 아이들은 모여서 시를 읽었다는 이유로 죽었는데 나는 이렇게 따뜻한 밥을 먹고 있어도 되나?' 하는 생각이 들었습니다. 너무 미안했습니다. 그동안 너무 몰랐습니다. 4.3이 반란인 줄 알았습니다. 나라를 전복시키려는 세력이 일으킨 일인 줄 알았습니다.

4.3은 민중 항쟁입니다. 가진 자들의 횡포를 참다가 더 이상 참지 못한 민중이 봉기한 것입니다.

여러분, '제주 4.3 민중 항쟁'을 기억해주십시오. 희생자들이 살아서 돌아올 수는 없겠지만 적어도 우리 기억에서 잊히는 일은 없었으면 좋겠습니다.

당시 이야기를 생생하게 들려주신 고진옥 님께 감사드립니다. 또한, 수많은 진숙, 진수, 순욱을 기억하겠습니다.

2022년 여름, 심진규

바람청소년문고 15

섬, 1948 진천의책 선정, 아침독서신문 선정, 학교도서관저널 추천, 한국학교사서협회 추천

펴낸날 초판 1쇄 2022년 7월 31일 | 초판 5쇄 2024년 5월 13일

글쓴이 심진규 | **표지 일러스트** 고정순
편집 박종진 | **디자인** 김윤희 | **홍보마케팅** 이귀애 | **관리** 최지은 이민종
펴낸이 최진 | **펴낸곳** 천개의바람 | **등록** 제406-2011-000013호
주소 서울시 영등포구 양평로 157, 1406호
전화 02-6953-5243(영업), 070-4837-0995(편집) | **팩스** 031-622-9413

© 심진규, 2022 | ISBN 979-11-6573-294-3 43810

· 저작권법에 의해 한국 내에서 보호를 받는 저작물이므로 무단 전재와 무단 복제를 금합니다.
· 잘못 만든 책은 구입하신 서점에서 바꾸어 드립니다. 천개의바람은 환경을 위해 콩기름 잉크를 사용합니다.

제조자 천개의바람 **제조국** 대한민국 **사용연령** 11세 이상